PODER

Biblioteca A

sociedad

20

Biblioteca A crea el espacio y el tiempo de un
encuentro, el silencio de las palabras en que
nace la lectura de una obra de autores y temas
que configuran la cultura y el saber científico
de la actualidad

Niklas Luhmann

PODER

Introducción de Darío Rodríguez Mansilla

LA VERDAD NOS HARA LIBRES

**UNIVERSIDAD
IBEROAMERICANA**

ANTHROPOS
EDITORIAL DEL HOMBRE

Poder / Niklas Luhmann ; introducción de Darío Rodríguez Mansilla. —
Barcelona : Anthropos ; México : Universidad Iberoamericana ; Santiago de
Chile : Instituto de Sociología. Pontificia Universidad Católica de Chile, 1995
XXVII p. + 177 p. ; 18 cm. — (Biblioteca A ; 20. Sociedad)

Tit orig.: Macht. — Bibliografía p. 161-176
ISBN 84-7658-477-6

1. Poder (Ciencias Sociales) I. Rodríguez Mansilla, Darío, int. y ed.
II. Universidad Iberoamericana (México)   III. Instituto de Sociología (Santiago
de Chile) IV. Título V. Colección
301.172.3

Título original: *Macht* (Ferdinan Enke Verlag, Stuttgart)
Traducción: Luz Mónica Talbot, de la edición inglesa de John Wiley & Sons
  (Chichester/Nueva York/Brisbane/Toronto, 1979), corregida y cotejada
  con el original alemán por Darío Rodríguez Mansilla

Primera edición en Editorial Anthropos: 1995

© Ferdinan Enke Verlag / Niklas Luhmann, 1975
© Universidad Iberoamericana (México), 1995
© Editorial Anthropos, 1995
Edita: Editorial Anthropos. Promat, S. Coop. Ltda.
  Vía Augusta, 64. 08006 Barcelona
En coedición con la Universidad Iberoamericana, México, D.F.,
  y con el Instituto de Sociología de la Pontificia Universidad
  Católica de Chile, Santiago
ISBN: 84-7658-477-6
Depósito legal: B. 23.260-1995
Fotocomposición: Seted, S.C.L. Sant Cugat del Vallès
Impresión: Edim, S.C.C.L., Badajoz, 147. Barcelona

Impreso en España - *Printed in Spain*

NOTA A LA VERSIÓN EN ESPAÑOL

Los trabajos que se presentan en este volumen constituyen un valioso aporte para el público hispanoamericano que con interés creciente ha podido asomarse al impresionante edificio conceptual desarrollado por el profesor Niklas Luhmann.

La Universidad Iberoamericana, en colaboración con otras entidades de educación superior, ha facilitado el acceso en castellano a parte significativa de la obra de Luhmann. De esta forma ya se han publicado: *Sistemas sociales* (1991); *Sociología del riesgo* (1992); *El sistema educativo* (1993) y *Teoría de la sociedad* (1993). Estos libros —más otros que se encuentran en preparación— han permitido, gracias al esfuerzo de coordinación del Dr. Javier Torres Nafarrate, contar con una traducción precisa del pensamiento luhmanniano, tarea cuyas dificultades podrá apreciar quienquiera que observe la profundidad de este pensamiento, su novedad y precisión conceptuales y las innumerables vertientes sociológicas y no sociológicas que lo nutren. Todo esto puede ser entendido todavía en mayor magnitud por aquel que se haya enfrentado a la obra de Luhmann en su versión original en alemán.

No nos detendremos aquí a realizar una reseña del pensamiento luhmanniano. El Dr. Torres Nafarrate, en su presentación de *Sociología del riesgo, El sistema educativo* y *Teoría de la sociedad* ha ofrecido de manera clara y exacta los principales conceptos que sustentan la teoría de Luhmann. Además, se cuenta con *Sistemas sociales*, obra central en que se expone con toda la extensión necesaria la armazón teórica que este prolífico autor alemán ha venido desarrollando a lo largo de tres décadas. En ella busca encontrar un marco teórico lo suficientemente complejo como para ser capaz de dar cuenta de los fenómenos sociales, de la moderna sociedad mundial y, por consiguiente, de la misma teoría de los sistemas sociales, como un aspecto de lo social en lo social. Nos limitaremos, por lo tanto, a ofrecer algunos puntos centrales del trabajo de Luhmann acompañados de su evolución histórica.

La obra del profesor Luhmann consiste en la elaboración de una superteoría, con pretensiones de universalidad, vale decir, que reclama aplicabilidad para todo fenómeno social. Esta pretensión de universalidad no ha de ser entendida, no obstante, como un intento de excluir otras posibles interpretaciones teóricas que —desde la misma sociología o desde otras disciplinas; desde·la ciencia o desde otros subsistemas de la sociedad— puedan levantarse alternativamente. Por el contrario, la teoría de sistemas de Niklas Luhmann se ha construido en un diálogo constante con diferentes esfuerzos conceptualizadores provenientes de la filosofía, la sociología, la lógica formal, el derecho, la teología, la biología, la física, etc. En este intercambio se ha desarrollado un marco conceptual que, manteniendo un hilo central que guía la investigación desde sus comienzos hasta su estado actual, ha incorporado elementos de diversas procedencias. Así, la teoría resultante ofrece una amplia variedad conceptual que le permite dar cuenta de los fenómenos sociales de manera radicalmente novedosa —para una perspectiva sociológica tradicional— y que facilita, además, el diálogo interdisciplinario.

Creemos poder decir sin exageración que la obra de Luhmann se perfila como el trabajo teórico de mayor envergadura que haya sido elaborado en la sociología del presente siglo. Por otra parte, al incluir elementos de otras áreas del saber, tales como la cibernética, la biología, la matemática, etc., ha permitido por vez primera observar el fenómeno social desde la perspectiva de su creación en el acto mismo de conocer, superando así la vieja dicotomía entre sujeto y objeto. En esta propuesta el sujeto es reemplazado por el observador y el objeto por lo observado, pero no se trata ya más de un observador que —como una placa fotográfica— limita su acción a la mera pasividad, al simple hecho de dejarse impresionar por el objeto observado. El observador reconoce en esta teoría una posición más activa, conoce mediante esquemas de distinción, que ha incorporado autorreferencialmente y que le permiten establecer diferencias recibiendo, por tanto, noticias de diferencia. Observador y observado quedan, por consiguiente, integrados en el acto creativo del conocimiento, donde —sin embargo— permanece un punto ciego inmanente a toda observación: los esquemas de distinción utilizados por el observador. Estos esquemas de distinción pueden ser, a su vez, vistos por el observador de segundo orden, aquel que observa a un observador observando, pero —nuevamente— este observador de segundo orden no puede ser testigo de sus propios esquemas de distinción. No existe, por tanto, un super observador científico poseedor de la verdad absoluta y de allí se desprende que la teoría de sistemas de Niklas Luhmann tenga la pretensión de ser aplicable a cualquier fenómeno social, pero que no pueda pretender la exclusividad ni reclamar para sí la posición única de observador último, dueño de la verdad definitiva.

A continuación trataremos de presentar un breve esbozo de algunos momentos de la evolución de la teoría, con el objeto de mostrar que ésta, a pesar de haber ido introduciendo, a lo largo de los años, conceptos y terminologías de fuentes no estrictamente ancladas en la tradición sociológica, ha consistido fundamentalmente en el desarrollo del pensamiento que puede encontrarse bosquejado en forma programática en los primeros ensayos de este autor, que datan de comienzos de la década de los sesenta.

Hacia fines de la década del cincuenta, la sociología se encontraba en una crisis paradigmática de importancia. Las propuestas teóricas funcionalistas que habían caracterizado el quehacer sociológico —en Estados Unidos y, desde allí, en el resto del mundo— ya no parecían ser capaces de explicar los nuevos sucesos que preocupaban a los observadores de lo social. El American Dream llegaba a su término y las juventudes de los países desarrollados se rebelaban «sin causa» ante los modelos que pretendían imponerles las generaciones mayores. La guerra fría amenazaba —como en la crisis de los misiles— momento a momento con perder su frialdad y desembocar en un tercer y más cruento enfrentamiento mundial. Los fenómenos sociales se demostraban como extremadamente complejos, por lo que no parecía posible pretender comprenderlos desde un enfoque globalizador.

Es así como el funcionalismo se ve criticado desde dos ángulos: uno interno y otro externo. Desde el interior de la perspectiva funcionalista acaso la crítica más fecunda, por los seguidores que encontró, haya sido la elaborada por Robert K. Merton, quien ya en 1949 sostenía, contra Parsons, que era ilusorio, dado el estado de avance del conocimiento sociológico, pretender elaborar una gran teoría capaz de dar cuenta del fenómeno social en todas sus manifestaciones. Se trata de la conocida propuesta mertoniana de construir teorías de rango medio, apropiadas para acumular conocimiento empíricamente validado en ámbitos específicos y reducidos de lo social, antes de emprender la tarea más ambiciosa de develar, por medio de una super teoría, la base misma del fenómeno social en su totalidad. Desde el exterior de la teoría funcionalista, la crítica tenía un tinte más ideológico. Se afirmaba que este enfoque era incapaz de —e incluso más, no lo deseaba— comprender el fenómeno del conflicto social. El conflicto parecía evidente, tanto al nivel de las sociedades nacionales que se enfrentaban entre sí aisladamente o como bloques, como al nivel interno, en que huelgas laborales y estudiantiles se esparcían por doquier. La violencia de los jóvenes que con chaquetas de cuero negro y motocicletas asolaban los barrios de las grandes ciudades era algo que no podía mantenerse sin encontrar una explicación adecuada y el funcionalismo no parecía ser capaz de ofrecerla. Una primera propuesta trata de ser conciliadora buscando, junto a Coser, las «funciones del conflicto social». Posteriormente, sin embargo, esto no parece suficiente y Ralf Dahrendorf plantea que se ha hecho necesario levantar una alternativa teórica distinta —con supuestos centrales opuestos— al funcionalismo. Esta es la teoría del conflicto social en que el conflicto deja de ser algo no tomado en cuenta o considerado de manera marginal, para pasar a constituir el núcleo central sobre el que se construye la sociedad. En suma, los autores de la época, desanimados por la extrema complejidad de una sociedad cada vez menos comprensible y por el surgimiento de conflictos sociales de diversa índole, niegan que la sociología esté en condiciones de abarcar el tema en términos globales y que el funcionalismo sea una posibilidad válida de explicación para una sociedad cuyas contradicciones parecen evidentes.

En ese momento, Niklas Luhmann inicia su trabajo programático de construcción teórica proponiéndose una tarea sumamente ambiciosa y que, desde sus primeros esbozos, provoca el desconcierto y la admiración de quienes se ven expuestos a su lectura. Este asombro es por demás justificado, si se considera que Luhmann retoma la crítica al funcionalismo y a la teoría parsoniana, pero —como posteriormente será habitual en él— desde una óptica totalmente diferente a la que en ese momento constituye la tónica característica de los tiempos.

En efecto, la discusión que hace Luhmann del funcionalismo no sigue el camino hollado que consistía en demostrar su inaplicabilidad como método de investigación de los problemas sociales. Por el contrario, su postura consiste en afirmar que el más grave problema del funcionalismo y de sus cultores en el ámbito de las ciencias sociales, ha sido la falta de radicalidad con que se ha hecho uso del análisis funcional. No se trata, por consiguiente, de que el método funcional sea inadecuado, sino que no ha sido utilizado en su verdadera potencialidad. Para hacerlo, es necesario radicalizar —en lugar de olvidar— el método funcional, entendiendo función en el sentido lógico-matemático del término, vale decir, como un esquema lógico-regulador que permita comparar entre sí, como equivalentes funcionales, sucesos que desde otra perspectiva serían absolutamente incomparables. Además de esto es necesario despojar al análisis funcional de sus referencias ontológicas, que lo subordinan innecesariamente al análisis causal siendo que la causalidad es antes bien un caso de análisis funcional y no a la inversa el funcionalismo un caso particular de causalidad.

Por otra parte, Luhmann no critica a la teoría parsoniana en su pretensión de constituirse en una gran teoría, como era habitual en la época, sino que la objeta porque su intento globalizador fracasa al enfrentarse al tema de la sociedad, dado que ésta sería un sistema omniabarcador —el sistema de los sistemas— y —al mismo tiempo— un sistema que debería definirse por sus límites respecto a un entorno. Aparentemente, la teoría parsoniana no logra dar el paso definitivo del paradigma todo/partes al paradigma sistema/entorno, que había sido señalado por la teoría de sistemas abiertos de Ludwig von Bertalanffy. Además de esto, Parsons subordina el concepto de función al de estructura, lo que llevará a una forma de construcción teórica que limita sus propias posibilidades de expansión explicativa debido a que se encuentra obligada a preguntarse por las condiciones necesarias para la mantención de un sistema dado sin siquiera ser capaz de plantearse el tema de la función cumplida por el sistema o por el surgimiento de éste.

A partir de esta crítica, Luhmann define su postura teórica como funcional-estructuralismo la que, a diferencia del estructural-funcionalismo parsoniano, no considera que haya ciertas estructuras dadas que deban ser sostenidas por funciones requeridas, sino que es la función —que puede ser cumplida por diversos equivalentes funcionales— la que antecede a la estructura. Con esto es posible armar un entramado teórico capaz de preguntarse incluso por la función de la construcción de un sistema dado. Esta función —señala Luhmann— consiste en la comprensión y reducción de la complejidad. De esta manera, la teoría sociológica se ve enriquecida con una temática proveniente de la cibernética: la complejidad, que en esta perspectiva no ha de ser vista como un obstáculo ni una dificultad para la construcción de un sistema, sino más bien como la condición misma que la hace posible. Un sistema surge en un proceso de reducción de complejidad; es menos complejo que su entorno y sus límites respecto a él no son físicos, sino de sentido. El problema de la extrema complejidad del mundo, que había llevado a que la sociología desistiera del intento de elaboración de teorías universales pasa a ser, por consiguiente, precisamente la condición que hace posible —y fructífero— este intento.

Adicionalmente, esta teoría no se agota en la búsqueda de explicación de lo dado, ni intenta dar por supuesto que lo observado se encuentra allí por algún tipo de necesidad lógica u ontológica. Su interés se ubica precisamente en lo contingente, en la pregunta por las otras posibilidades —que no han sido actualizadas, pero que podrían haberlo sido— en los equivalentes funcionales que podrían ofrecer soluciones comparables a un mismo problema, en la improbabilidad de la construcción sistémica y en las condiciones que hicieron posible superar dicha improbabilidad para que un sistema dado pudiera tener lugar. El tema del conflicto, por ejemplo, que había sido descuidado en el funcionalismo de viejo cuño y que había sido entronizado en la teoría del conflicto, pasa a ser una posibilidad más, un equivalente funcional, para la construcción —y aún para la mantención— de un cierto sistema. Incluso en la cooperación —dice Luhmann— el conflicto se encuentra subyacente como mecanismo regulador que permite establecer las condiciones sobre las cuales la cooperación puede edificarse y mantenerse.

A comienzos de la década de los setenta se produce en el mundo un interés creciente por utopías de diversa índole. El año 1968 está marcado por los movimientos estudiantiles que quieren hacer posible lo inalcanzable por las vías reformistas internas al sistema establecido: «seamos realistas pidamos lo imposible» reza un conocido eslogan de los estudiantes franceses. Los Beatles cantan *All you need is love* y el fenómeno hippie se extiende por las principales ciudades del mundo desarrollado.

Este es el momento de la conocida polémica entre Luhmann y Habermas. La pregunta que resume esta confrontación teórica es precisamente acerca de las posibilidades que ofrece la moderna teoría de sistemas. ¿Será, como se sospecha, una tecnología social o podrá elaborarse —a partir de sus elementos— una teoría de la sociedad capaz de interpretar convincentemente los nuevos fenómenos que exigen de la sociología una mayor capacidad explicativa? Los movimientos juveniles, sociales y políticos habían dado por superados los planteamientos de la Escuela de Francfort. El mismo Adorno sufre el repudio de estudiantes que consideran insatisfactorias sus respuestas. El tema recurrente es el del sentido —que es visto como ausente— el mundo, o mejor dicho, la sociedad parece no tener sentido y, de allí que el hippismo —por ejemplo— trate de encontrar una forma nueva, alternativa, de otorgar sentido al quehacer social, apartándose de los cauces de la sociedad vigente.

Luhmann, manteniéndose coherentemente en su programa de investigación, continúa desarrollando un marco conceptual alejado de las modas pasajeras, pero ofreciendo respuestas inesperadas a los problemas conyunturales. La sociedad mundial es para él un hecho indesmentible, el sentido es intersubjetivo, pero no presupone al sujeto y, además, es una categoría innegable: el sin sentido no existe. La teoría de sistemas debe desarrollarse paralelamente a una teoría de la evolución, para que se haga posible llegar a la elaboración de una superteoría capacitada de explicar no sólo la sociedad moderna globalizada, sino también las sociedades arcaicas y los diferentes momentos de su desarrollo. Adicionalmente a esto, la teoría de los sistemas sociales debe comprender los diferentes tipos de sistemas —la interacción, las organizaciones y la sociedad— así como las condiciones distintivas que les permiten surgir, en forma semejante a la autocatálisis, a partir de la complejidad que han de reducir. A diferencia con otras propuestas teóricas, no se ofrece en ésta una utopía, una sociedad modelística ideal a la que se haya de llegar a través de la negación y la superación de las condiciones que caracterizan a la sociedad del momento. La teoría luhmanniana presenta, en cambio, un poderoso instrumental analítico que permite comprender el funcionamiento de la sociedad, sus subsistemas, las organizaciones y las interacciones que tienen lugar en ella. Los mecanismos de reducción de la complejidad, los códigos propios de los diferentes subsistemas, los esquemas binarios de regulación de las relaciones al interior de cada subsistema y de los intercambios entre ellos, son escudriñados rigurosamente y en detalle, de tal manera que con la ayuda de este aparataje conceptual, se perfila gradualmente una visión extremadamente adecuada de las características de la sociedad moderna y los procesos que se suceden en sus diferentes niveles. Se trata de una perspectiva aguda, teñida por un ligero escepticismo frente a los fanatismos y las soluciones fáciles, en que la ironía contribuye paso a paso a matizar el descarnado análisis de los diversos aspectos del fenómeno social que son puestos bajo su óptica.

Los años ochenta aparecen marcados por una gran desesperanza en el mundo. Las utopías no logran ya aglutinar en torno suyo a las multitudes, ni tampoco a los grupos más reducidos de autores que piensan en torno a lo social. El fenómeno hippie, por ejemplo, en lugar de demostrar ser una alternativa viable de creación de una sociedad al margen de la sociedad, construida sobre la base del amor y la libertad, ha pasado a ser absorbido por la sociedad de consumo; ha sido una moda y, como tal, pasajera. Los jóvenes contestatarios del 68 se han transformado en ejecutivos eficientes, en políticos establecidos o en hombres maduros retirados de la vida pública. Hay una ola de pesimismo que invade las diversas esferas. La guerra de Vietnam concluye, dejando un saldo de muertes y pérdidas y sin que pueda nadie reclamar para sí la victoria, ni la consecución de ideal alguno. El pesimismo es la nota característica de una juventud que no encuentra en el futuro opciones convincentes que le permitan orientar sus acciones presentes. Se habla de fin de las ideologías y la palabra más recurrente en los debates y titulares de periódicos y revistas es crisis. Se vive una ola de nostalgia en que se trata de reencontrar en el pasado inmediato —los años setenta y sesenta— o mediato —los años cincuenta y cuarenta— las alternativas que el tiempo ha borrado. Se escucha música antigua, se reestrenan películas ya largamente olvidadas, se rescata de los viejos roperos la moda que en otra época fue actual y las piezas de los adolescentes se decoran con fotografías de personajes —del cine o la vida cotidiana— que hace ya largo tiempo que han dejado de constituir noticia.

En esta época, que tan pocas oportunidades parece ofrecer, Luhmann pone una nota de optimismo que —no podía ser de otro modo— sin embargo mantiene un toque de ironía escéptica. Incorpora en la década de los ochenta los conceptos de autopoiesis, acoplamiento estructural, determinismo estructural, etc., con los que su pensamiento puede expresarse de manera más precisa, sin que para esto tenga que hacer concesiones de ninguna especie. En efecto, como veremos en los trabajos que se presentan en este volumen, la obra de Niklas Luhmann ha evolucionado desarrollando consistentemente el programa de trabajo propuesto a comienzos de los años sesenta. Si se lee —haciendo uso de conceptos tales como el de autopoiesis— artículos anteriores a la fecha en que el propio Luhmann aplica dicho concepto, el lector podrá descubrir que no se altera en nada el sentido de lo expuesto por el autor. En otras palabras, la introducción de conceptos nuevos no lleva a que Luhmann modifique sustancialmente su pensamiento (por lo que no sería adecuado hablar de su obra temprana en comparación con su obra de madurez), sino que simplemente le permite decir con conceptos más afines, de mayor precisión y fundados empíricamente, lo mismo que venía afirmando desde antes. La antigua preocupación luhmanniana por el tema de la autorreferencia y la autoorganización puede —en el concepto biológico de autopoiesis— encontrar una expresión mucho más acabada, que le permitirá referirse a los sistemas sociales y psíquicos como poseyendo la característica de generar los propios elementos que los componen. Comienza a plasmarse, en esta fértil década de la reflexión luhmanniana, la concreción de su proyecto teórico: en 1984 publica *Sistemas sociales* y a fines de los años ochenta tiene ya bastante avanzada su *Teoría de la sociedad*.

La discusión en torno a la teoría de Luhmann trasciende los límites de la lengua alemana. Múltiples traducciones se suceden en un lapso relativamente corto. Se hace accesible así a la sociología mundial una propuesta teórica cuyas ambiciones universalistas —en el sentido señalado anteriormente— van siendo justificadas al ampliar el propio autor sus esquemas interpretativos a diversos ámbitos del quehacer social. Tanto los subsistemas societales —la Educación, la Religión, la Economía, la Ciencia, la Familia, el Derecho, etc.— como las preocupaciones que afectan a la sociedad moderna —la ecología, las autoobservaciones de la sociedad moderna que tratan de comprenderla como «post-moderna», los efectos de una comunicación globalizada, etc.— son abordados por Luhmann con sistematicidad, profundidad e ironía. Más de cuarenta libros evidencian la potencialidad del proyecto iniciado en los años sesenta. La crítica, por su parte, cambia sus perspectivas siguiendo los vaivenes coyunturales de una modernidad que en su evolución presenta aristas que no habían podido ser anticipadas por la sociología de cuño tradicional. La incomprensión del trabajo de Luhmann trata de superarse mediante intentos de encasillarlo en los parámetros habituales característicos de la tradición sociológica o, incluso, de las ideologías que van quedando obsoletas por los cambios experimentados por la propia sociedad. Así, resulta curioso encontrar que antiguos detractores se transforman en nuevos seguidores, aunque intenten mantener una cierta distancia con un pensamiento que, todavía, les parece poco ortodoxo.

Luhmann, por su parte, reacciona con modestia, pero con firmeza frente a la crítica y la alabanza. Su opinión es que el pensamiento sociológico contemporáneo ha quedado entrampado en un camino sin salida. La revisión, repetida hasta el cansancio, de la obra de los clásicos constituye una aporía de la cual no pueden surgir propuestas teóricas capaces de comprender los fenómenos sociales resultantes de la evolución de un siglo. Los clásicos de la sociología han cimentado las bases de la disciplina y eso no hay quien lo dude, pero la única forma de poder construir sobre esa base consiste en atreverse a romper con la continuidad del pensamiento clásico cuando éste ya no resulta fructífero para el análisis de fenómenos que no pudieron ser avisorados en el momento en que los padres de la sociología —y sus antecedentes en la filosofía viejo europea— reflexionaron sobre la sociedad de su época. El sendero que se abre ha de ser, por lo tanto, de continuidad y ruptura: continuidad para establecer las vinculaciones necesarias con las preguntas que han ocupado la atención de la sociología y la han caracterizado como disciplina, pero —al mismo tiempo— ruptura, para desembarazarse sin sentimientos de culpa de las respuestas ofrecidas por los primeros sociólogos y que ya no son adecuadas para la comprensión cabal de una sociedad cuya complejidad requiere de respuestas acordes a ella. Como ejemplo de esto, podríamos señalar su decidida separación —que ningún otro sociólogo ha osado— de la teoría de la acción, reemplazándola por una teoría de la comunicación. En efecto, si se sigue a Parsons, el pensamiento social —previo a la creación de la sociología como ciencia social autónoma y posterior a ella— ha quedado caracterizado por el estudio de la acción social como el elemento fundante de todo lo social. El propio Parsons se inscribe en esta línea de trabajo y su aporte —como el mismo Parsons lo indica— consistirá en dar un paso adelante al tratar de proponer una teoría de la acción que haga compatibles las diversas conceptualizaciones acuñadas para comprender la acción social, superando así la versión utilitarista de la acción que había concluido en el paso anterior: en el trabajo de Spencer.

Pero Parsons, indica Luhmann, ya se ha transformado en un clásico, de tal manera que los sociólogos actuales, ante la evidente incapacidad de elaborar propuestas teóricas nuevas, vuelven su mirada también a la obra de este tan discutido sociólogo del siglo XX, tratando de encontrar en él —a través de trabajos exegéticos— pistas que les permitan comprender los sucesos de la modernidad y sin caer en el «anything goes» propuesto por quienes creen haber encontrado el sentido en el sin sentido. Al relativismo extremo para el que no existe verdad alguna, ni —tampoco— posibilidad alguna de acuerdo, como no sea la de la mutua tolerancia en el caos, en el «tarro de basura», sin orden aparente, se opone un consenso racionalmente fundado, en que poca cabida hay para el disenso el que —ya lo señalaba Durkheim— puede ser mucho más condenable, por su irracionalidad. Luhmann estima que la teoría de la acción ya ha cumplido su ciclo y que debe ser reemplazada decididamente por una teoría de la comunicación (y no tímidamente complementada por una teoría de la acción «comunicativa»), si se quiere avanzar en la elaboración de conceptos capaces de dar cuenta efectivamente de las características de la sociedad moderna.

Los años noventa ofrecen un mundo enteramente cambiado. La década anterior, caracterizada por la desesperanza y la nostalgia, por la búsqueda del sentido perdido, culmina sorprendentemente con una serie de sucesos inesperados —tales como el derrumbe de los países europeo orientales y la caída del muro de Berlín—, lo que deja prácticamente sin referentes a parte importante de las elaboraciones teóricas más populares. Lo más admirable, sin embargo, es la incapacidad demostrada por la teoría sociológica para vislumbrar los fenómenos que estaban ocurriendo ante sus propios ojos: la autonomización de los subsistemas, la globalización de los procesos sociales, la pérdida de prioridad de un subsistema sobre los otros, etc., eran síntomas más que claros para poder contemplar sin extrañeza un cambio que no consistía en más que en la concreción práctica de un proceso que se venía anunciando. En efecto, la economía y la política se autonomizan y ya no se puede continuar pensando en dirigir una desde la otra; los procesos sociales tienen una incidencia que va más allá de las fronteras nacionales, de tal modo que la sola pretensión de mantener aislado artificialmente un sector de la sociedad mundial es —por decir lo menos— ingenuo y sin perspectivas; las comunicaciones trascienden todos los límites y cualquiera —en cualquier lugar del mundo— puede asistir como espectador, que acaso quisiera ser actor, al espectáculo de las profundas transformaciones que han caracterizado la segunda mitad de este siglo.

Los años noventa comienzan con una ola de entusiasmo. La falta de perspectivas que parecía caracterizar los años ochenta se ve deslumbrada por la amplitud del espectro de posibilidades que engañosamente ofrece el advenimiento de la nueva década. Pronto, sin embargo, comienza a hacerse visible la otra cara de la medalla y al entusiasmo inicial, a los abrazos fraternos que unen a quienes por espacio de largos años habían estado separados ideológica y físicamente por un muro, se sigue una secuela de problemas e intereses contrapuestos que hacen poner en duda la alegría y la confianza en el consenso y la solidaridad mundial. Resurgen, con una fuerza inusitada, los regionalismos y reivindicaciones culturales que largamente acalladas cobran nueva fuerza y presencia mundial.

En este momento, Luhmann ofrece una versión anticipada de lo que ha de ser su teoría de la sociedad. Se publica en italiano en 1992 y es traducida inmediatamente, en 1993, al castellano, gracias al empuje y la iniciativa del Dr. Torres Nafarrate, que concita el apoyo de las Universidades Iberoamericana, de Guadalajara y del Instituto Tecnológico y de Estudios de Occidente. La *Teoría de la sociedad* no sólo muestra las características de la sociedad moderna, como una sociedad funcionalmente diferenciada, sino que abre —desde la comunicación— vías para entender las posibilidades y dificultades de una comunicación que no es dada por evidente, sino como altamente improbable. Toda comunicación tiene lugar en la sociedad y la reproduce, pero esto no implica una comunicación a-problemática, ideal, razonable y consensual, sino precisamente una comunicación que puede ser conflictiva, irracional y conducir al disenso, aunque en todos estos casos contribuya a la mantención de la autopoiesis de un sistema societal complejo que da cabida al conflicto y a la incomprensión y que, a pesar de esto, continúa reproduciéndose como un sistema que autogenera sus propios elementos constituyentes.

No escapa a la mirada de Luhmann, la situación vivida por amplios sectores de la población mundial que —en lugar de lo afirmado por el concepto de inclusión de Parsons, en el sentido de tener acceso, por la vía de los roles complementarios, a todos los subsistemas de la sociedad (no todos pueden ser médicos, pero todos pueden ser pacientes; no todos pueden ser profesores, pero todos pueden tener acceso a la enseñanza; no todos pueden ser vendedores, pero todos pueden ser compradores)— se ven excluidos de las diferentes alternativas que los sistemas funcionales ofrecen: no cuentan con educación, ni con servicios de salud e —incluso— no cuentan con existencia legal, dado que ni siquiera tienen la cédula de identidad que los acredita como ciudadanos. Este es el tema complementario al de la inclusión; es el fenómeno de la exclusión y no se trata en él simplemente de una marginación, de una falta de integración. Estos grupos pueden estar —y lo están— fuertemente integrados, pero resultan invisibles para los subsistemas funcionales porque no cuentan con las condiciones mínimas para ser considerados. Este es el tema que ocupa hoy por hoy el pensamiento de Niklas Luhmann, con lo que intenta comprender aspectos de la sociedad mundial que en lugares de India, o en las favelas y villas miseria de países subdesarrollados, permanecen junto al desarrollo, riqueza y crecimiento acelerado de la economía. Como se puede ver, el esquema arquitectónico de la teoría sigue siendo el mismo: una mirada que conoce a partir de la diferencia, que contempla las otras posibilidades, la contingencia de lo social y que descubre que siempre en lugar de estar en el mejor de los mundos posibles, nos encontramos en un mundo pleno de mejores posibilidades.

En su trabajo sobre el PODER, cuya versión original alemana es de 1975, continúa Luhmann su preocupación por los medios de comunicación simbólicamente generalizados. A través del estudio del poder pretende, por consiguiente, no sólo clarificar el concepto de poder mismo, sino además compararlo con otros medios.

En este libro, Luhmann señala con nitidez la opción teórica que caracteriza toda su obra: los sistemas sociales se construyen a partir de la comunicación y ésta sólo tiene lugar cuando la selectividad de una notificación es entendida y puede ser utilizada para la selección de un estado propio del sistema. Todos los sistemas sociales son conflictos potenciales y sólo varía la medida de la actualización de este potencial de conflicto, con el grado de diferenciación sistémica y con la evolución societal. Los medios de comunicación pueden constituirse cuando la forma de selección de Alter al mismo tiempo sirve como estructura motivacional de Ego. Esto implica que la selección de Alter debe diferenciarse de la de Ego, dado que ambas plantean —en el caso del poder— problemas diferentes. Alter dispone de más de una alternativa y, por lo tanto, puede, en relación a su elección, generar y eliminar inseguridad en Ego. Desde el punto de vista de Ego, que está subordinado al poder de Alter, el poder supone la capacidad de disposición de otras alternativas de acción. El poder de Alter será mayor, en la medida que pueda imponerse frente a alternativas atractivas de acción —o inacción— por parte de Ego, de tal manera que sólo puede crecer en conjunto con el aumento de la libertad del subordinado.

De esta forma, Luhmann estima que es necesario distinguir el poder de la obligación, de la coerción, de la violencia, que lleva a actuar de una manera determinada y concreta. En el caso límite, la coerción conduce a la violencia física y, con ella, a la sustitución de la acción deseada y no conseguida del otro por la acción violenta propia y no querida. Así, el ejercicio de la violencia demuestra incapacidad de poder.

La función de un medio de comunicación simbólicamente generalizado consiste en la transmisión de complejidad reducida. Así, basta con entender al poder —como a cualquier otro medio de comunicación simbólicamente generalizado— en términos de limitación del ámbito de selección del otro. La causalidad del poder se basa en la neutralización de la voluntad del otro y no necesariamente en doblegar la voluntad de éste.

Al tratarse de un medio de comunicación simbólicamente generalizado, el poder no es concebible como una propiedad o capacidad de uno solo de los involucrados en la relación. Antes bien, el poder ha de ser entendido como una comunicación dirigida por un código. Como consecuencia de esto, la función del poder no queda adecuadamente descrita si se piensa que consiste simplemente en movilizar al subordinado a aceptar las órdenes del superior. También el poderoso debe movilizarse para ejercer su poder y en esto radica, a menudo, la mayor dificultad. El subordinado ha de estar capacitado para elegir su propio comportamiento y, por lo tanto, ha de poseer la posibilidad de autodeterminación; sólo por esta razón se le aplican medios de poder, tales como las amenazas, con el objeto de dirigirlo en esta elección propia. De este modo, cuando se postula un poder absoluto, se trata de un poder escaso y limitado, porque en él no hay situaciones de elección de Ego en las que Alter pueda influir. Esta definición de poder se aparta bastante de las conceptualizaciones habituales en sociología y recuerda, en cambio, a Saint Exupery (no se puede· ordenar a alguien algo que no le sea posible realizar) y a Maturana, cuando plantea que el poder implica una concesión del sometido.

El poder recurre a una alternativa de evitación, lo que quiere decir, que en la notificación comunicativa, el poderoso amenaza con recurrir —en caso que sea necesario— a una alternativa desagradable, que preferiría evitar, pero que está dispuesto a utilizar en el caso que su comunicación sea rechazada por el subordinado. Ejemplos de este tipo de alternativas de evitación son: la violencia física, el despido, un castigo, etc. El supuesto subyacente es que el subordinado teme que esta amenaza se concrete. En otras palabras, el poderoso espera que el sometido desee —aún más que él— evitar llegar al caso de utilización de la alternativa de evitación. Sólo así puede funcionar efectivamente el poder dado que —en caso contrario— el superior puede verse obligado a actuar haciendo uso de la alternativa de evitación: de la violencia física, del despido, del castigo, y sin conseguir la obediencia requerida, con lo que queda en claro su falta de poder.

En el sistema organizacional, Luhmann distingue dos tipos de poder que se basan en la capacidad de disposición sobre la contingencia, en relación con roles deseados. Estos tipos son el poder organizacional, referido a la pertenencia misma a la organización. El hecho que la organización pueda condicionar la pertenencia y pueda despedir a quienes no cumplan con lo exigido, constituye el elemento central del poder organizacional. El poder personal, por su parte, tiene que ver con las posibilidades ofrecidas por la organización para hacer carrera en ella, es decir, de obtener puestos mejores dentro de ella.

También los subordinados pueden disponer de poder, lo que no ocurre necesariamente —como podría suponerse desde el viejo concepto del poder como una suma constante— a costas del poder de los superiores. Sin embargo, en las organizaciones pueden diferenciarse las fuentes de poder, pero no los temas en que el poder se encuentra en juego. De esta manera, cualesquiera que sean las fuentes de poder en que se basan superiores y subordinados, ambos deben referirse a un ámbito relativamente reducido. Por otra parte, señala Luhmann, es equivocado el confundir niveles de construcción sistémica, como lo ha hecho la Escuela de Relaciones Humanas. El poder que ocurre en una organización tiene lugar en un sistema cuyos criterios de constitución son diversos a los que orientan la autoselección de un sistema interaccional. Así, puede conducir a errores conceptuales y prácticos de importancia el pretender mezclar en el análisis del poder, sus fuentes y sus temas, que se plantea en el devenir organizacional, con el poder generado en las interacciones entre individuos, razón por la cual es conveniente tener presentes las diferencias entre Interacción y Organización, para evitar que la confusión de niveles conduzca a conclusiones también erradas y confusas respecto al poder y sus resultados.

Para concluir esta nota, sólo nos queda indicar, como lo hemos venido reiterando en las páginas que anteceden, que la obra global de Luhmann —que abarca ya más de cuarenta libros y más de doscientos cincuenta ensayos— manifiesta la continuidad de un pensamiento que, a partir de la simple constatación de la complejidad del mundo y de su necesaria reducción significativa por los sistemas sociales y psíquicos, va descubriendo aspectos inesperados en diversas manifestaciones de lo social.

El *poder*, por su parte, es un importante medio de comunicación simbólicamente generalizado que también se relaciona con la complejidad: transmite complejidad reducida. Es el medio de comunicación propio del susbsistema político y, en el caso de las organizaciones, formula condiciones específicas de aplicación.

Desde sus comienzos, Luhmann ha estado interesado en desarrollar diversas líneas de investigación que puedan confluir finalmente en una teoría que sea lo suficientemente compleja como para comprender la sociedad mundial y los distintos tipos de sistemas que ocurren en su seno.

Una de estas líneas de trabajo, lo ha ocupado con el tema de la formación de sistemas sociales, su constitución y los mecanismos característicos que orientan su autoselección en un mundo más complejo. El tema aquí ha sido el de la diferencia entre sistema/entorno y el de la autorreferencia.

Otra de las preocupaciones centrales del autor ha sido la de la evolución societal, que ha actualizado históricamente algunas formas de diferenciación: segmentaria; centro/periferia; estratificatoria y funcional, pero sin que estas formas históricas agoten definitivamente las posibilidades. No hay, por lo tanto, una visión a lo Comte, de etapas que han de seguirse necesariamente, ni tampoco de pasos que van superándose unos a otros.

También es posible encontrar en Luhmann una teoría de la comunicación, que parte, en forma contrainductiva y cibernética, de la improbabilidad. La comunicación es improbable y, para llegar a tener lugar, debe superar esta improbabilidad. No ocurre por mero azar, sino que es un logro evolutivo.

En su trabajo no podía estar ausente la preocupación epistemológica, que lo lleva a preguntarse por la posibilidad y condiciones del conocimiento en un mundo complejo extremo, atendidas las limitaciones antropológicas para dar cuenta de dicha complejidad en forma cabal.

Todas estas líneas de investigación han conducido a Luhmann a abarcar un ámbito impresionante de temáticas y al estudio sistemático de la obra de autores de diversa procedencia geográfica, temporal y disciplinaria.

El resultado —del que este conjunto de textos es un ejemplo— ha sido un marco conceptual complejo de enorme capacidad explicativa que parte de la diferencia, en lugar de hacerlo (como es habitual), de la identidad. Esto le permite comparar un fenómeno social con otros, pero además, contrastarlo desde su propia contingencia, con las posibilidades que han sido negadas en su autoselección. No hay cabida, por lo tanto, para ninguna clase de dogmatismo teórico, científico o ideológico.

En suma, los sistemas sociales son el producto de la autoselección en un mundo complejo, quedan constituidos como sistemas autopoiéticos de comunicación —cuyas im-

probabilidades han debido y deben constantemente superar—, han evolucionado al acrecentar su capacidad de reducción de la complejidad, con lo que han aumentado tanto
su propia complejidad, como la del ambiente al cual se refie-
ren, y es posible explicarlos desde una teoría universal, que
es también un producto social y que, por consiguiente, debe
ser capaz de explicarse a sí misma como un aspecto más del
fenómeno social.

En estas líneas finales, me parece indispensable agrade-
cer al propio profesor Niklas Luhmann por su constante
apoyo y disposición para aclarar algunos puntos de su obra,
al profesor Javier Torres Nafarrate, por su generosidad y entusiasmo que hacen posible la publicación de esta obra, y a
la Srta. Luz Mónica Talbot, que tradujo PODER. Se trata de
una de las traducciones que, como podrá apreciar el lector,
capta en forma muy precisa el pensamiento de Luhmann y
lo expone con claridad y riqueza idiomática.

DARÍO RODRÍGUEZ MANSILLA
Instituto de Sociología.
Pontificia Universidad Católica de Chile

PODER

INTRODUCCIÓN

Ha habido numerosos intentos y conflictos para conceptualizar satisfactoriamente el *poder*, tanto de un modo teórico como empírico. Ante esta situación, una teoría del poder no puede satisfacerse con una declaración descriptiva, con un análisis de rasgos esenciales que incorpora, por medio de supuestos, los resultados que produce. Incluso, los intentos de analizar el concepto en sí mismo y de llegar a un acuerdo con respecto a sus diferentes significados no nos llevan a nada, excepto a la cautela y, al final, a la resignación. En tales circunstancias no es posible proceder paso a paso, ya que, a pesar de estas circunstancias, se hacen supuestos acerca de lo que es el poder. En cambio, debemos esforzarnos por usar conceptos más generales que están en uso en cualquier otra parte y que podrían servir para el traspaso de formulaciones de preguntas tratadas y probadas y de sistemas conceptuales, los que facilitan la comparación y ofrecen la posibilidad de examinar en forma relevante otras áreas de interés.

Si buscamos una apertura de este tipo, primero que nada encontramos la idea de que el poder causa resultados a pesar de una posible resistencia o, en otras palabras, es causalidad bajo circunstancias desfavorables. También encontramos conceptos recientes en la teoría del intercambio y de los juegos que enfatizan el lado calculador de un proceso que permanece concebido en términos causales, pero que es rico en alternativas.[1] El análisis de estas materias puede seguir cursos diferentes.

Primero está la posibilidad de examinar estos marcos conceptuales directamente en términos de su relevancia lógica, de las posibilidades de verificación que ofrecen de las dificultades de medición y, finalmente, de sus supuestos conceptuales.[2] Por lo menos hasta ahora, este enfoque ha conducido más a la fragmentación de la teoría del poder que a su consolidación. Esto parece ser la consecuencia de teorizar en forma demasiado apresurada sobre un fenómeno aislado.

Alternativamente, se podría usar la técnica (de valor comprobado desde Durkheim) de hacer preguntas, con el objeto de revelar los supuestos básicos que subyacen a las instituciones que funcionan en el mundo de la experiencia vivida y para las que existen interpretaciones y conocimientos ya hechos. Las preguntas podrían ser: si el poder tiene que ser un proceso causal ¿qué fundamentos no causales de causalidad existen? Si el poder es considerado como un intercambio ¿qué fundamentos no intercambiables existen para intercambiar? Si el poder es un juego entre oponentes ¿cuáles son los fundamentos del juego que no se pueden jugar? Esta técnica de hacer preguntas permite a la sociedad como una condición de la posibilidad del poder, y busca indirectamente una teoría del poder por medio de una teoría de la sociedad.

Este es el enfoque indirecto que tomaremos en lo que sigue. Examinaremos un sistema de referencia macrosocio-

---

1. Compárese por ejemplo Harsanyi (1962*a*) y (1962*b*); también Tedeschi *et al.* (1971); Baldwin (1971*c*); y Bonoma *et al.* (1972).

2. Ver, por ejemplo, Riker (1964); Danzger (1964); March (1966); Wrong (1968) o Luhmann (1969*b*).

lógico particular, específicamente el del sistema social completo, y preguntaremos, principalmente, sobre las funciones de la formación del poder en ese nivel.[3] Esto no excluye la posibilidad de recurrir a la investigación sociopsicológica experimental. Pero, también, podemos dar por sentado instancias de generalización simbólica que no pueden producirse por medio de casos individuales de interacción sino sólo por la sociedad como un todo, por ejemplo, el desarrollo de la ley. Principalmente en este tipo de análisis en el nivel societal, podemos ir más allá de la mera designación del poder como una expresión de, o como una variable dependiente del hecho social que es la sociedad y usar el hecho de que la teoría social reciente trabaja con tres tipos de conceptos diferentes, pero compatibles: 1) una teoría de la formación de sistemas y de la diferenciación de sistemas; 2) una teoría de la evolución; y 3) una teoría, tentativa hasta ahora, de los medios de comunicación simbólicamente generalizados. Los objetos de estas teorías deben ser vistos como interdependientes en el nivel societal de la formación de sistemas, en el sentido de que la evolución social conduce a sistemas sociales mayores, más complejos y más fuertemente diferenciados. Con el objeto de crear un grado mayor de diferenciación, estos sistemas desarrollan medios de comunicación mucho más generalizados y, al mismo tiempo, mucho más especializados y coordinan partes de sistemas societalmente más importantes con estos medios. Aquí no puede elaborarse más esta conexión. Nuestra tarea común y parcial consiste en clarificar lo que está involucrado cuando el poder se trata como un medio de comunicación simbólicamente generalizado y cuando, de este modo, los análisis del poder se colocan en el contexto de la sociedad más extensa.

---

3. Lehman (1969) en particular ha destacado la importancia de este modo de expresar el asunto.

CAPÍTULO I

EL PODER COMO UN MEDIO
DE COMUNICACIÓN

El uso de la teoría de los medios de comunicación como base para una teoría del poder, tiene la ventaja de posibilitar una comparación entre el poder y la comunicación de diferentes tipos usando preguntas compuestas en forma idéntica, por ejemplo, comparándolo con la verdad o con el dinero. De esta manera, estas preguntas no sólo sirven para clarificar el fenómeno del poder sino que, al mismo tiempo, ayudan a producir un interés comparativo ampliamente orientado y facilitan el intercambio de ideas teóricas entre diferentes áreas de los medios. Además de estas ideas nuevas, la teoría del poder logra una perspectiva general sobre formas de influencia que se tornan accesibles una vez que se trasciende un concepto limitado de poder. Esto hace posible evitar lo que tan a menudo se ha advertido: recargar el concepto de poder con atributos de un proceso de influencia definido muy amplia y sueltamente.[4]

Por lo tanto, a modo de introducción, es necesario hacer

---

4. En particular, los psicólogos sociales corren este riesgo. Ejemplos típicos serían: Raven (1965) y Clark (1965).

algunas observaciones breves sobre la teoría de los medios de comunicación.[5]

1. Por un lado, la teoría societal es, de acuerdo con los elementos principales heredados del siglo XIX, una teoría de diferenciación social en estratos y en subsistemas funcionales y, por otro lado, una teoría de evolución social y cultural que conduce a una diferenciación creciente. Con este marco de referencia, las preguntas de comunicación y las preguntas de motivación para recibir y efectuar las comunicaciones quedan clarificadas en forma incompleta. En parte fueron vistas como acciones meramente psicológicas y atribuidas al individuo, de manera que pudieran ser pasadas por alto en un enfoque macrosociológico. En parte, fueron incluidas bajo conceptos especiales como consenso, legitimidad, organización informal, comunicación masiva, etc. Ambos modos de tratar el problema condujeron a conceptos de un orden menor y de un alcance más limitado, en comparación con los conceptos de diferenciación y de evolución. De esta manera, las preguntas de comunicación y de motivación no se excluyeron completamente de la teoría social, pero no se clasificaron junto con los conceptos principales. En contra de esto, se podría hablar en nombre de un supuesto interés humano y deplorar la pérdida de humanidad, sin lograr nada más que una protesta, pero en un nivel completamente inapropiado.[6]

El intento de formular una teoría general de la comunica-

---

5. El tratamiento del poder específicamente como un medio de comunicación comienza con Parsons (1963a). Para otras sugerencias, aplicaciones y críticas ver Chazel (1964); Mitchell (1967); Lessnoff (1968); Giddens (1968); Turner (1968); también Baldwin (1971a) y Blain (1971). En lo que sigue, el concepto del medio de comunicación se usa de un modo que es independiente del paradigma de intercambio de Parsons; por lo tanto, no está construido sobre una idea de intercambio, y también difiere en otros aspectos del concepto de Parsons. Las diferencias dependen de la interpretación del problema de la contingencia y se explican en mi artículo «Los medios generalizados y el problema de la contingencia», contribución a un *Festschrift* proyectado para Parsons.

6. Compárese, por ejemplo, Homans (1964) y Maciejewski (1972).

8

ción simbólicamente generalizada y de unirla con el concepto de diferenciación social tanto como con las declaraciones sobre los mecanismos y fases de la evolución sociocultural, está dirigido a llenar este vacío. Con esto, queremos evitar recurrir al sujeto, como ha usado el término la filosofía trascendental, tanto como evitar cualquier pretensión de tratar al individuo concreto orgánica y psicológicamente. La primera alternativa sería demasiado concreta.[7] En cambio, procederemos del supuesto básico de que los sistemas sociales siempre se forman a través de la comunicación, es decir, siempre suponen que procesos de selección múltiple se determinan unos a otros por medio de la anticipación o la reacción. Los sistemas sociales surgen primero por la necesidad de selecciones convenidas, lo mismo que, por otro lado, tales necesidades se experimentan primero en los sistemas sociales. Las condiciones que hacen posible esta correlación son el resultado de la evolución y cambian con ella. Del mismo modo en que la evolución articula la dimensión temporal y la diferenciación articula la dimensión social del sistema societal.

La comunicación sólo se realiza si se entiende la selectividad de un mensaje, es decir si se está en posición de hacer uso de ella al seleccionar los propios estados del sistema.[8] Esto implica contingencia en ambos lados, y de este modo, también la posibilidad de rechazar las selecciones que ofrece la transmisión comunicativa. Estas posibilidades de rechazo no pueden eliminarse como posibilidades. El rechazo comunicado en respuesta y ese rechazo traducido en un tema dentro de los sistema sociales, se identifica con el conflicto. Potencialmente, todos los sistema sociales son conflictos; lo único que pasa es que el grado en que se realiza este conflicto potencial varía de acuerdo al grado de diferenciación del sistema y de acuerdo con la evolución social.

---

7. Al mismo tiempo, esta afirmación se propone mostrar lo problemático que resulta designar al individuo como sujeto. Con estas equivocaciones se torna demasiado fácil pasar desde lo abstracto a lo concreto.

8. Para este concepto de comunicación compárese Mackay (1969).

Bajo tales condiciones de formación, la elección entre «sí» y «no» no puede guiarse sólo por el lenguaje, porque es precisamente el lenguaje el que garantiza ambas posibilidades: ninguna de las dos puede dejarse al azar, por lo tanto, en toda sociedad existen mecanismos adicionales al lenguaje que garantizan la transferencia de las selecciones en la medida apropiada. La necesidad de tener estos mecanismos aumenta y la forma de ellos cambia con la evolución del sistema social. En las sociedades más simples estas funciones se realizan principalmente por medio de construcciones de la realidad fundadas en la experiencia vivida y compartida, que son básicas para los procesos de comunicación y que allí se dan por sobreentendidas.[9] En gran medida, el lenguaje sirve para confirmar tales supuestos y su potencial para la negación y la información no se agota.[10] Sólo las sociedades más avanzadas desarrollan una necesidad de una diferenciación funcional entre el código del lenguaje en general y, en especial, los medios de comunicación simbólicamente generalizados tales como el poder o la verdad, que condicionan y regulan la motivación para aceptar selecciones ofrecidas. Por medio de esta diferenciación, los potenciales para el conflicto y el acuerdo pueden darse conjuntamente en la sociedad. Los mecanismos evolutivos de la variación y la posibilidad de realizar selecciones transferibles, socialmente efectivas y utilizables, se presentan por separado y esto acelera la evolución sociocultural, ya que pueden hacer elecciones nuevas desde más posibilidades dentro de puntos de vista más específicos.

Históricamente, la invención y propagación de la escritura parece haber sido la causa del desarrollo de los medios de comunicación especialmente simbólicos; la escritura amplió enormemente el potencial de la comunicación en la sociedad mucho más allá de la interacción de la gente inmediatamente

---

9. Compárese Berger y Luckmann (1969); McLeod y Chaffee (1972); también Arbeitsgruppe Bielefelder Soziologen (1973).
10. Véase, por ejemplo, Marshall (1961).

presente, y así la sacó del control de los sistemas de interacción concretos.[11] Sin la escritura es imposible crear cadenas complejas de poder en las burocracias políticas y administrativas, mucho menos el control democrático sobre el poder político. El ostracismo anticipa la escritura. Lo mismo se aplica al desarrollo y perpetuación discursiva de elaboraciones más complejas de declaraciones verdaderas.[12] La función clasificadora de un código verdadero lógicamente esquematizado sólo se necesita cuando se dispone de un cuerpo de pensamiento formulado en la escritura. Pero, incluso la generalización moral de un código especial para la amistad/amor (*philia/amicitia*) en la ciudad-Estado griega es una reacción a la cultura escrita de la ciudad, una compensación para una densidad de interacción entre vecinos (*philói*) que ya no puede ser supuesta. Primeramente, esta dependencia de la escritura se evidencia propiamente en el código del dinero. Sólo por medio de la recodificación del lenguaje a través de la escritura, el proceso de comunicación societal se libera de las ataduras de las situaciones sociales y de las suposiciones simples, en la medida en que, con el objeto de motivar la aceptación de las comunicaciones, tengan que crearse códigos especiales que, al mismo tiempo, también condicionen lo que puede ser mantenido y supuesto con éxito.

2. Por consiguiente, al decir *medios de comunicación* me refiero a un mecanismo adicional al lenguaje, en otras palabras, a un código de símbolos generalizados que guía la transmisión de selecciones. Además del lenguaje, que normalmente garantiza la comprensión intersubjetiva, es decir, el reconocimiento de la selección de la otra parte como selección, así también los medios de comunicación tienen una función de incentivo; porque incitan la aceptación de las se-

---

11. Compárese Goody y Watt (1963) y Goody (1973).
12. Entonces, el *diálogo* se cultiva como una forma *literaria*, como una protesta contradictoria en sí misma contra las demandas de alfabetismo; y sólo de este modo logra una perfección estilística.

lecciones de otra gente y, por lo general, hacen de esa aceptación el objeto de expectativas. Por consiguiente, los medios de comunicación siempre se pueden formular cuando el *modo de selección de un compañero* sirve simultáneamente como una *estructura de incentivo para el otro*. Entonces, los símbolos de esta conexión entre la selección y la motivación asumen la función de una transmisión y clarifican la conexión que existe entre los dos aspectos, de manera que esta conexión anticipatoria puede fortalecer y también motivar la selectividad.

Este concepto contiene un número de supuestos e implicaciones que también se aplican a la teoría del poder y que la llevan en una dirección particular.

El supuesto primero y más importante es que los procesos de comunicación guiados por los medios juntan compañeros, en donde *ambos* completan *sus propias* selecciones y ambos saben que esto ocurre por el otro.[13] Usemos los términos *alter* y *ego*. Todos los medios de comunicación suponen situaciones sociales con la posibilidad de elección por ambas partes, en otras palabras, situaciones de selectividad de doble contingencia. Precisamente eso es lo que le da a estos medios su función de transmitir selecciones desde un *alter* a un *ego* en tanto que preservan su selectividad. En esta medida, el problema inicial en todos los medios de comunicación simbólicamente generalizados es el mismo; también se aplica al poder. En cada caso, la comunicación influyente se refiere a un compañero que va a ser dirigido para hacer sus selecciones.[14]

---

13. Parsons acomoda esto al usar la idea de una doble contingencia como un prerrequisito para la formación de expectativas complementarias. Compárese Parsons y Shils (1951, pp. 14 ss.); ver también la definición notable de autoridad como el establecimiento de *premisas* de toma de decisiones (¡no decisiones!) de otros en March y Simon (1958, p. 90).

14. En consecuencia, en el contexto de una teoría general del poder, realmente no es significativo dar un énfasis no equilibrado a los problemas de toma de decisiones de cualquier parte. En áreas particulares de poder esto bien puede ser diferente. De este modo, Fisher (1969) recomienda que los empleos que tratan de relaciones exteriores se preocupen menos de hacer más precisas sus propias políti-

De acuerdo con esto, la transferencia de selecciones significa precisamente la *reproducción* de las selecciones en condiciones simplificadas abstraídas de los contextos iniciales. Precisamente en vista de esta simplificación y abstracción, se torna necesario que los símbolos reemplacen el comienzo concreto, el eslabón inicial de la cadena de selección. Para este propósito, los medios de comunicación desarrollan códigos simbólicamente generalizados para la orientación compartida. Sin embargo, cada fase subsecuente del proceso mismo continúa siendo selección. Consecuentemente, los medios de comunicación combinan la orientación común con la no identidad de las selecciones. Sólo bajo esta condición básica es que también el poder funciona como un medio de comunicación.[15] Ordena las situaciones sociales con una selectividad doble. Por lo tanto, la selectividad del *alter* debe diferenciarse de la del *ego*, porque en relación con estos dos factores surgen problemas muy diferentes, especialmente en el caso del poder.

De acuerdo con esto, una suposición fundamental de todo poder es que la *inseguridad* existe en relación con la selección del *alter* que tiene poder.[16] Por las razones que sean, *alter* tiene a su disposición más de una alternativa. *Puede producir y quitar* inseguridad en su compañero cuando ejerce su elección. Esta desviación por la vía de la producción y reducción de la inseguridad es una precondición absoluta del poder; determina la latitud que existe para la generalización y especificación en un medio de comunicación determinado y, por ejemplo, no es una fuente de poder particular entre otras.

---

cas que de poner atención a otros Estados y, sobre todo, de resolver qué decisiones de otros gobiernos serían aceptables frente a cualquier ejercicio del poder.

15. Abramson *et al.* (1958), en particular, enfatiza que la teoría del poder debe tomar en cuenta la mayor parte posible de acciones por ambas partes.

16. Compárese la observación de Crozier (1963, especialmente pp. 193 ss.), que dice que en las organizaciones muy estructuradas el poder cambia a donde aún existe, en relación con las elecciones de acción de que dependen otros, una remanente de inseguridad. Para una elaboración sobre una «teoría de la contingencia estratégica» general del poder véase Pennings *et al.* (1969); Hinings *et al.* (1974).

El poder también supone apertura a otras acciones posibles por parte del *ego* afectado por el poder. El poder hace su trabajo de transmitir, al ser capaz de influenciar la *selección* de las acciones (u omisiones) frente a otras posibilidades. El poder es mayor si es capaz de mantenerse incluso a pesar de alternativas atractivas para la acción o inacción. Y sólo puede aumentarse junto con un aumento de la libertad por parte de cualquiera que esté sujeto al poder.

Por lo tanto, el poder debe diferenciarse de la coerción (*Zwang*) para hacer algo concreto y específico. Las elecciones posibles de una persona que está limitada se reducen a cero. En casos extremos, la coerción; ésta recurre al uso de la violencia física y, de este modo, a la substitución de la acción propia por la acción de otros que uno no puede conseguir.[17] El poder pierde su función de crear doble contingencia en la misma proporción que se aproxima al carácter de la coerción. La coerción significa la renuncia a las ventajas de la generalización simbólica y a guiar la *selectividad* del compañero. La persona que ejerce la coerción debe asumir la carga de la selección y la decisión en el mismo grado en que se ejerce la coerción; ésta tiene que ejercerse donde hay una carencia de poder. La reducción de la complejidad no se distribuye, sino que se transfiere a la persona que usa la coerción. Si esto es lo sensato o no, dependería de lo complejas y mutables que sean las situaciones en que se tienen que tomar las decisiones sobre la acción.

El uso de la coerción sólo puede centralizarse en los sistemas muy simples. Los sistemas más complejos sólo pueden centralizar decisiones (o incluso, decisiones con el objeto de decidir premisas para tomar decisiones sobre el uso de la fuerza). Esto significa que deben desarrollar poder para hacer posible la coerción. El concepto de un personal «a car-

---

17. Este caso de usar fuerza física —el mover diferentes cuerpos con el objeto de, por ejemplo, causar que cambie su posición en el espacio— debe diferenciarse cuidadosamente del uso simbólico de la fuerza física con el objeto de formar poder. Volveremos a esto en el capítulo IV.

go de la coerción» introducido por Max Weber cubre esta situación.

Incluso estas simples reflexiones iniciales muestran que una definición, operacionalización y medición más cercana de las relaciones concretas de poder, es una empresa extraordinariamente compleja. Se debe usar una medida multidimensional para evaluar la complejidad de las posibilidades, de las que *ambas* partes (o, en fundamentos en cadena, todos los participantes) pueden elegir una acción.[18] El poder del portador de poder es mayor si puede poner la elección de realizar, con base en su poder, tipos de decisiones cada vez más diversas. Y, además, su poder es mayor si puede hacer esto con un compañero que, por su parte, posee varias alternativas diferentes. El poder aumenta con la libertad en *ambas* partes y, por ejemplo, en cualquier sociedad determinada, aumenta en proporción con las alternativas que produce.

En todo esto no hemos tratado solamente problemas de ciencia y método.[19] Más bien, el resultado de esta complicación para la sociedad es que debe desarrollar *substitutos para una compensación exacta de situaciones de poder*, y que estos substitutos se conviertan en un factor de poder. En primer lugar, las jerarquías que postulan una distribución asimétrica del poder sirven como substitutos. Se supone que un superior tiene más poder que un inferior (aunque en las organizaciones burocráticas lo contrario pueda ser normal).[20] Otro substituto es la historia del sistema: los casos que tienen éxito en las situaciones de conflicto son recordados, normalizados y generalizados como expectativas. Lo explosivo del interés por el estatus y de los episodios aparente-

---

18. Un problema, que sólo puede observarse aquí, es que todas estas medidas son relativas a las condiciones de posibilidad que se toman como base. De este modo, la medición siempre da por sentado que los participantes pertenecen a un sistema y que están reprimidos por medio de condiciones comunes de lo posible.

19. Véase Danzger (1964, pp. 714 ss.).

20. Véase, por ejemplo, Walter (1966) y una crítica de esto: Mayhew y Gray (1969). Véanse también pp. 149 ss. de la presente obra.

mente pequeños está conectado con esta función de simbolizar las comparaciones de poder y, de esta manera, esclarecer la situación efectiva de poder. En tercer lugar, existen posibilidades importantes de substitución en los convenios semicontractuales, por medio de los cuales un socio demasiado poderoso llega a un acuerdo con aquellos que podrían retirarse o ser desleales.[21] En todos estos casos, el recurso comunicativo directo al poder se reemplaza por medio de la referencia a símbolos que comprometen a ambas partes normativamente y, al mismo tiempo, que toman en cuenta el diferencial de poder supuesto. Todos estos son equivalentes funcionales para medir el poder y para hacer pruebas del poder como premisas de decisión. La seguridad y practicabilidad institucional de estos substitutos hacen que los cálculos exactos sean innecesarios, e incluso hacen problemático cualquier intento en ese sentido. El resultado de esto es que, si la ciencia produjera algún modo de medir el poder, esto alteraría la realidad social; en otras palabras, destruiría los substitutos y los divulgaría como falsos supuestos. Sin embargo, es dentro de los límites de la probabilidad en donde la ciencia desarrollará sus propios substitutos para medir el poder, el que sería tratado en otras áreas de la sociedad pura y simplemente como incumbencia de la ciencia.

3. La función de un medio de comunicación es transmitir complejidad reducida. La selección hecha por un *alter* limita las selecciones posibles de un *ego* al ser comunicadas bajo condiciones específicas, que son definidas en forma más estricta más adelante. Estos tipos de dependencia transmitidos por vía de los medios de comunicación se distinguen de las interferencias generales y de los impedimentos mutuos (tales como el *alter* que escucha la radio y el *ego* que no puede quedarse dormido), en que suponen algunos procesos

_____

21. Compárese sobre esto una serie de experimentos que proceden específicamente de las alternativas disponibles para ambas partes, a saber: Thibaut y Faucheux (1965); Thibaut (1968); y Thibaut y Gruder (1969).

de comunicación que se pueden condicionar mediante símbolos. De este modo, están sujetos a la formación cultural, pueden ser cambiados por la evolución y son compatibles con un gran número de condiciones del sistema.

También en el caso del poder, el principal punto de interés es esta transmisión de selección, no, por ejemplo, las realizaciones concretas de ciertos resultados. El poder no surge sólo en el caso extremo de que *alter* deponga la acción de *ego*, dirigiéndolo, por ejemplo, a apretar un determinado tornillo tanto como sea posible. Es más típico y satisfactorio considerar al poder, del mismo modo como a cualquier otro medio de comunicación, como algo que limita la gama de selecciones del otro.[22] La noción causal hasta ahora dominante en las teorías del poder[23] no va a desecharse, pero debe ponerse en forma abstracta; no designa a un enlace invariable entre las condiciones concretas de la realidad —las expresiones de poder y la conducta— ni restringe la efectividad del poder al caso en que la conducta de *ego* hubiera tomado un curso diferente sin la comunicación transmitida por el poder desde *alter*.[24] Si así fuera el caso, se supondría, en forma errónea, que en principio siempre existe una resolución dada por la voluntad, la que después es vencida o doblegada a través del poder de *alter*. Sin embargo, de hecho, la existencia de un diferencial de poder y la anticipación de una decisión basada en el poder, hace bastante in-

---

22. A veces, esto se toma en cuenta explícitamente en las teorías del poder, pero usualmente está implícito. Para una definición correspondiente del concepto del poder ver van Doorn (1962-1963, p. 12).

23. Un estudio más reciente de los problemas en una teoría causal del poder puede encontrarse en Dahl (1968, pp. 46 ss.). Compárese también Gamson (1968, pp. 59 ss.); también Stinchcombe (1968, pp. 163 ss.), quien sugiere una formulación de la teoría de la información del concepto causal del poder.

24. Frecuentemente, esta característica se toma en cuenta en la forma sugerida por Max Weber. Uno sólo supone poder donde el portador de poder puede imponerse incluso contra una oposición (ver Weber 1948, p. 28). Por ejemplo, Emerson (1962) y Holm (1969) usan esta conceptualización. Inicialmente, sólo la definición selectiva, el «procesamiento de la contingencia», es importante en el nivel de una teoría general de los medios de comunicación. Volveremos a las características específicas que asume este proceso en el caso del poder.

sensato para el subordinado el hecho de formar incluso una resolución contraria. Y precisamente en esto consiste la función del poder: asegura las cadenas posibles de efectos, independientes de la voluntad del participante sujeto al poder, lo desee o no. La causalidad del poder consiste en neutralizar la voluntad, no necesariamente en doblegar la voluntad del inferior. Esto también lo afecta a él, y más precisamente cuando intentó hacer lo mismo, y después aprende que tiene que hacerlo de todos modos. La función del poder consiste en la regulación de la contingencia. Como con cualquier otro código de medios, el código del poder se relaciona con una discrepancia posible —no necesariamente real— entre las selecciones de *alter* y *ego*: acaba con la discrepancia.

En consecuencia, el poder de quien lo detenta, no se describe en forma satisfactoria como una causa, o incluso como una causa potencial. Más bien, puede comparársele con la función compleja de un catalizador. Los catalizadores aceleran (o retardan) el inicio de los sucesos; sin cambiar ellos mismos en el proceso, causan cambios en el coeficiente de conexiones efectivas (o probabilidad) que se espera de las conexiones casuales que existen entre el sistema y el entorno. De este modo, finalmente producen una ganancia de tiempo, que es siempre un factor crítico para la construcción de sistemas complejos. A este respecto son más generales que sus productos respectivos. En el proceso de la catálisis, los catalizadores no cambian, no cambian en el mismo grado en que el proceso acelerado (o retardado) produce o inhibe los efectos.

Teniendo presente que aquí estamos hablando de una estructura real (y no sólo de un resumen analítico),[25] entonces podemos decir que el poder es una oportunidad para aumentar la probabilidad de realización de combinaciones

---

25. Esta concepción se remonta al concepto de «probabilidad» de Max Weber. Wrong (1968, pp. 677 ss.) señala en forma bastante correcta que lo que se está aludiendo es el avalúo de la persona sujeta al poder y no el análisis estadístico de los casos del ejercicio real del poder por los sociólogos.

improbables de selecciones.[26] Las probabilidades reales tienen la tendencia de ser autorreforzadas; si uno sabe que algo es probable, prefiere considerar que el suceso efectivamente ocurrirá, y mientras más relevante es, menor es el umbral que empieza a mover este proceso. Lo mismo se aplica a las improbabilidades, como lo sabe cualquier conductor. Por lo tanto, cada vez se necesita una decisión previa para decidir si considerar a un suceso incierto como (muy, bastante, no muy) probable, o como (no muy, bastante, muy) improbable. Aquí pueden tener participación las leyes psicológicamente puras.[27] Las definiciones sociales de la situación también participarán e influenciarán la percepción de lo probable o improbable. Y, por su parte, estas definiciones pueden ser traducidas en formulaciones modales a través de los medios de comunicación simbólicamente generalizados.

La función catalizadora del poder ya está basada en complejos causales muy intrincados. Precisamente por esto es por lo que el poder sólo se entiende como un medio de comunicación simbólicamente generalizado. El hecho de desarrollar formulaciones abstractas por medio de complejos de selección controlados simbólicamente, al mismo tiempo asegura que el poder no se considere como algo dependiente de la acción directa e interferencia por parte del poseedor de poder sobre la persona sujeta al poder.[28] Es decir, sólo al suponer un proceso de comunicación la persona sujeta al poder aprende, por medio de alguna ruta indirecta de

---

26. En este sentido, Dahl (1957) no sólo formula el poder como «posibilidades», sino también la causalidad del poder como un cambio de probabilidades.

27. Por ejemplo, una tendencia generalmente observable de preferir las definiciones positivas de situación, las que, probablemente, sólo rara vez permiten que ocurra el caso de doble negación (menos improbable). Compárese por ejemplo Jordan (1965); Kanouse y Hanson (1971). Otro asunto sería si los veredictos negativos o los positivos tienen mayor interferencia con las alternativas; si lo improbable o lo probable obstruye o deja abiertas las posibilidades más variadas.

28. Tanto a favor como en contra de esto véanse Nagel (1968, pp. 132 ss.); Gamson (1968, pp. 69 ss.) y Wrong (1968, pp. 678 ss.); también Schermerhorn (1961, pp. 95 ss.) que usa el ejemplo del poder político local de las grandes corporaciones.

la selectividad (¡no sólo de la existencia!),[29] de los actos de poder pasados o futuros del poseedor de poder. La función particular del hecho de generalizar el medio de comunicación del poder, es hacer posible estas desviaciones sin, por eso, hacer imposible el identificar el código del poder y los temas de comunicación.

4. Es típico de todos los medios de comunicación el hecho de que en la base de su diferenciación haya una *combinación especial de interacción* y, dentro de ésta, *un problema específico*. Los medios de comunicación sólo se originan en el nivel de lo que se supone es el vivir junto con otros cuando la influencia es contingente y, con eso, al fin, más bien improbable. Sólo cuando, y en tanto que, los bienes son escasos, el reclamo activo de algunos de ellos por parte de una persona se convierte en un problema para otros y, entonces, esta situación se regula a través de un medio de comunicación, el que transfiere la acción seleccionada por la persona a la experiencia de los otros y allí la hace aceptable.[30] En el supuesto de que exista escasez, la influencia se hace precaria de un modo especial, de manera que, ante esta situación inusual, pueda tomar forma el medio de comunicación específicamente generalizado, el que hace posible la transferencia de complejidad reducida en este caso, pero no en otros. De este mismo modo se origina la verdad. Aquí también, dentro de un contexto de supuestos y creencias no problemáticas, primero debe surgir una cierta improbabilidad de información antes de que entren en función los criterios de indagación y antes de que se forme un código especial para regular la identificación de la verdad y la falsedad. La verdad es la duda vencida. Puede despejarse por medio de la simple frustración de expectativas cognoscitivas, pero también por medio de un conjunto de instrumentos cognoscitivos con una capacidad muy aumentada para el reconocimiento de la verdad.

---

29. Así Nagel (1968).
30. Véase Luhmann (1972*a*).

De tal manera, un pasaje a través de la contingencia aumentada, también es necesario para la formación del medio de comunicación del poder. No todas las ejecuciones de una acción propuesta se tornan problemáticas. Uno no deja algo que se le ha dado, sino que lo acepta y lo sostiene con fuerza, etc. Pero en casos especiales, si el *proponente* se reprime de proponer y su propia acción se reprime de prescribir la acción de otros, el contexto concreto de la circunstancia ya no puede realizar toda la transmisión de selecciones que se requiere. La tentación a la negación también aumenta con la contingencia de la selección. Entonces, la transmisión de la selección sólo puede ocurrir bajo presuposiciones especiales, y el código del poder reconstruye e institucionaliza estas presuposiciones. Sólo con la ayuda de un medio de comunicación simbólicamente generalizado se convierten en la base de expectativas seguras.

Es difícil encapsular este problema dentro de una definición que estipula categóricamente lo que es y no es el poder. Sin embargo, la referencia al problema evoca conjuntos de circunstancias distintivas y descriptibles. Se puede decir que mientras mayor sea el grado en que la influencia se torna contingente, porque llega a reconocerse como una acción cuya selectividad sólo se refiere a la activación y guía de la acción de otra persona, menor es el grado en que una congruencia situacional natural de interés puede incluirse, más problemática se torna la motivación y más necesario un código que regule las condiciones de transmisión de la selección y la atribución de motivos personales. Entonces, este enfoque que procede de los contextos de interacción puede ser incluido en la teoría de la evolución social en la tesis que, del mismo modo en que aumenta la diferenciación social, así también lo hace la frecuencia de situaciones en que, sin importar cuán alto sea el grado de contingencia y especialización, la transferencia de selección debe ocurrir si se quiere mantener el nivel adquirido de desarrollo. En áreas funcionales importantes, la congruencia situacional de intereses ya no ocurre con la suficiente frecuencia o con la especialización suficiente como para que baste. Entonces, el desarrollo de un código especial para el poder, y hecho para estos problemas, se torna de una prioridad inevitable para una evolución posterior.

Además, esta línea de argumento tiene sus paralelos en otras áreas de medios y es apoyada por ellas. Sólo desde una cierta etapa de desarrollo en adelante, la comunicación cotidiana se carga tanto de información, que la verdad misma se transforma en un problema. Sólo desde una cierta etapa de desarrollo, la cantidad de bienes se hace tan grande que se torna sensato mantenerla abierta a la intervención contingente ante la escasez. Además, podría decirse que el amor sólo se torna necesario como un código de comunicación especial, cuando las emociones e imágenes del mundo de los demás están tan fuertemente individualizadas —y eso significa que se han tornado tan contingentes que ya no se puede estar seguro de ellas—, y por esa razón, incluso se debe amar de acuerdo con las normas que dicta la cultura. E incluso el arte, como un medio de comunicación, depende de la contingencia aumentada, es decir la contingencia de las obras producidas manifiestamente, pero ya no sustentadas por los requerimientos del mundo cotidiano concreto. Todas éstas son áreas problemáticas de interacción, esto es, variantes del problema de la transmisión de la selección y, al mismo tiempo, etapas de la evolución del sistema societal.

5. Tal vez la diferencia más importante con respecto de las teorías del poder más antiguas, es que la teoría de los medios de comunicación conceptualiza el fenómeno del poder sobre la base de una diferencia entre el código y el proceso de comunicación y, por lo tanto, no está en posición de atribuir poder a una de las personas como propiedad o facultad.[31] El poder *es* comunicación guiada por el código. La

---

31. Esta redistribución tiene un efecto aún más decisivo en el contexto de otros medios de comunicación. La verdad, vista como un medio de comunicación, ya no puede caracterizarse más como una clase de ideas u opiniones, el amor

atribución del poder al poderoso está regulada en este código por los resultados de amplio alcance que conciernen al refuerzo de motivaciones que cumplir, responsabilidad, institucionalización, dando una dirección específica a los deseos de cambio, etc. Aunque están actuando *ambas* partes, cualquier cosa que ocurra se le atribuye *solamente* al poseedor del poder.[32] Sin embargo, el análisis científico no debería permitir el hecho de ser echado a un lado por reglas de atribución contenidas en su objeto; tales regulaciones no causan que el portador de poder sea más importante o, en ningún sentido, *más causal* en la formación del poder, que la persona sujeta al poder.[33] Las reglas de atribución contenidas en el código de los medios son otro objeto posible de análisis científico.[34] No obstante, también se pueden hacer, de nuevo, preguntas sobre sus funciones. Para este fin, primero el aparato analítico debe abstraer predecisiones de las atribuciones. Al mismo tiempo, esta exigencia apunta a una diferenciación mayor entre el sistema científico y la sociedad, en nuestro caso, apunta a una de mucho más alcance entre la ciencia y la política.

La diferencia entre el código generalizado y el proceso selectivo de comunicación nos acompañará constantemente en lo que sigue. La generalización simbólica de un código,

---

nunca más como un sentimiento, el dinero nunca más como una posesión, la creencia nunca más como una atadura interna de la persona. Para la sociología de los medios de comunicación, estas ideas y atribuciones no caracterizan a la teoría, sino a su objeto: el simplificar las ayudas para entender la vida social orientada hacia los códigos generalizados.

32. Como sabemos por la investigación experimental, en general, incluso las jerarquías guían en este sentido a los procesos de atribución. Compárese Thibaut y Riecken (1955).

33. Por supuesto, lo contrario se aplica igualmente poco: el hecho de considerar a la persona sujeta al poder como la causa decisiva para la formación del poder. Así, numerosas definiciones estadounidenses de la autoridad con respecto de Barnard (1938, pp. 161 ss.); Simon (1957); Peabody (1964); también, con respecto a las amenazas, Lazarus (1968, pp. 399 ss.); Fisher (1969).

34. Por ejemplo, Lehman (1969) señala la importancia aumentada de la imputación estable y pronosticable del poder en el nivel macrosociológico. No sé de la existencia de exámenes más detallados.

de acuerdo con las expectativas que se puedan formar, es un prerrequisito para la diferenciación del poder como un medio especializado que puede ser relacionado con combinaciones particulares de problemas, que produce ciertas acciones y que está sujeto a ciertas condiciones. Además, el código de los medios generalizados contiene los puntos de partida para el desarrollo acumulativo en el curso de la evolución societal. Desde estos puntos de vista el poder es de interés para la teoría de la sociedad. Esto no debería excluir la posibilidad de que las teorías de organización y de interacción pudieran trabajar con conceptos simplificados de poder, tales como aquellos que ya suponen diferencias de estatus o posibilidades adecuadas de información y cálculo. Sin embargo, dentro del alcance de estas premisas circunscritas, sería imposible llegar a alguna conclusión sobre la importancia del poder para la sociedad más extensa.

6. En una crítica extensiva y muy aplaudida sobre el trabajo de Parsons, y en particular sobre su teoría del poder, Alvin Gouldner expresa su sorpresa de que Parsons, en su tratamiento del poder como un medio simbólicamente generalizado, lo identifique tan cercanamente con el poder legítimo, con el «poder del *establishment*» y que tome esto como algo normal para la sociedad.[35] Apartando la brutalidad y egoísmo de los que tienen el poder, esta opinión se descarta, tanto en su totalidad como en sus formulaciones individuales, por irreal, intelectualmente absurda, utópica y engañosa. Este asombro por parte de un sociólogo es en sí sorprendente para los sociólogos porque está formulada en el marco teórico de una sociología de la sociología. Por supuesto, es indiscutible que la sociología puede y debe preocuparse de los fenómenos del ejercicio brutal y egoísta del poder. Sin embargo, este interés no debe convertirse en una opinión prejuiciosa concerniente a la realidad social incorporada en conceptos y teorías.

---

35. Véase Gouldner (1971, especialmente pp. 290 ss.).

El logro real de la teoría de Parsons fue el hecho de reemplazar los prejuicios contra la sociología como una ciencia de crisis y oposición, por una arquitectura conceptual relativamente autónoma (de esta manera, abierta, a su vez, a la crítica). No obstante que se juzgue la adecuación de este aparato analítico, es indudable que la institucionalización del poder legítimo imponible es un fenómeno de mayor importancia social, en comparación con la brutalidad y el egoísmo. La vida social cotidiana está determinada en un grado mucho mayor por el poder normalizado, es decir, el poder legal, que por el ejercicio brutal y egoísta del poder. Las excepciones limitadas a ciertas áreas, realmente sirven para clarificar este estado de cosas.[36] La intervención por medio de la fuerza legítima es más considerable; simplemente no se la puede descartar sin alterar y transformar casi toda la vida social normal. La brutalidad y el egoísmo son fenómenos compatibles con muchas condiciones sociales, en tanto que no debiliten el dominio del poder institucionalizado. Por supuesto, este argumento no justifica ningún acto brutal y, además, no justifica el tolerarlo o aceptarlo, como se sabe que ocurrió en la historia de la religión y en la distribución del bienestar. Pero este tipo de problema que sirve como explicación es realmente secundario, tanto histórica como teóricamente. Supone la introducción de un esquematismo binario para diferenciar débito de crédito, correcto de incorrecto, o conformidad de desconformidad.

Al desarrollar una teoría de los medios de comunicación simbólicamente generalizados, estamos tratando de evitar esta controversia. Las condiciones para formar una dicotomía entre las *condiciones gobernantes* y la *crítica* son parte de la teoría misma. Ésta trata a tales disyunciones como elementos de un código de comunicación e indaga sobre sus precondiciones genéticas, funciones, resultados, mecanismos complementarios y probabilidades de desarrollo.

---

36. Compárese Guzmán *et al.* (1962).

Una teoría así, también podría caracterizarse, como lo habría hecho Gouldner, como moralista y conservadora, si uno supone que se ajusta a las características en el sentido de que desea retener o mantener abierta la opción de expresar una opinión, tanto a favor como en contra de una manifestación de poder, de acuerdo con las circunstancias prevalecientes.

Capítulo II

EL ROL DE LA ACCIÓN

El poder se distingue de otros medios de comunicación en que su código supone que existen personas en *ambos* lados de la relación de comunicación, que reducen la complejidad a través de la *acción*, y no sólo a través de la experiencia. Ya que la vida humana supone la existencia de ambas, intrincadamente unidas, este contraste entre la acción y la experiencia es algo artificial.[37] Esto no se impugna aquí, pero no puede usarse como una objeción a la teoría. En otras palabras, la artificialidad de un mecanismo que está adaptado muy específicamente para la formación de cadenas de acción no es un constructo analítico de abstracción científica, sino una abstracción hecha por la sociedad misma, un prerrequisito para sistemas societales que están en etapas avanzadas de evolución. Sin embargo, una teoría del poder que se desarrolle como la teoría de un medio de comunicación particular simbólicamente generalizado, debe ser capaz de explicar cómo es posible que ocurra en la vida social esta especializa-

---

37. Véase también la crítica de Habermas en: Habermas y Luhmann (1971, pp. 202 ss.) desde el punto de vista de la equivalencia funcional de la experiencia y de la acción, y de Loh (1972, pp. 48 ss.) desde el punto de vista de una relación diferente para la identificación de los sistemas.

ción en la transferencia de las reducciones de la acción y qué problemas resultan de ello. Un reflejo idéntico del mismo problema sería propuesto para una teoría de la verdad, que tuviera por objeto explicar cómo es posible que ocurra la especialización en la transferencia de las reducciones de la experiencia, sin la incidencia de las acciones ni las preferencias de acción de los participantes que distorsionan la situación.

1. Queremos referirnos a la acción sólo cuando la conducta selectiva se atribuye a un sistema (y no a su entorno).[38] Esta atribución está relacionada con el acto mismo de selección, que ofrece, por decirlo así, una explicación de la treta maravillosa de la reducción de la complejidad. Puede existir, y es el caso de muchas situaciones, algún argumento que intenta designar esto como experiencia o acción. Pero también existe un interés social de clarificar este asunto, al menos para las situaciones problemáticas. De hecho, la pregunta de *si las selecciones similares son atribuidas a otros sistemas de la sociedad o si existen diferentes tipos de selecciones* depende de si son imputadas al entorno o al sistema. La experiencia debe ser la misma, la acción puede variar. Entonces, esta diferenciación precede a la pregunta de si la disponibilidad de un tipo diferente de acción está limitada una vez más, por ejemplo, por la prescripción moral o legal, o por el poder. Con respecto de la experiencia, estas formas para limitar la contingencia serían insensatas. Los fracasos en la experimentación son tratados como errores y son sancionados de forma diferente, si es que lo son.[39] Por otro lado, la acción está sujeta a controles sociales especiales que

---

38. La psicología social también usa la diferenciación entre las imputaciones internas y las externas, especialmente en el punto de encuentro importante entre la psicología cognoscitiva y la psicología motivacional. Compárese Lefcourt (1966); Kelley (1967); Jones *et al.* (1971); Meyer (1973).

39. Compárese Luhmann, «Selbststeuerung der Wissenschaft», en Luhmann (1970, pp. 232-252 [233]). La investigación en la psicología social ha establecido especialmente que también aparecen los factores emotivos si se frustran las expectativas cognoscitivas, probablemente debido a esta presunción de igualdad. Compárese p.e. Carlsmith y Aronson (1963); Keisner (1969).

se formulan al mismo tiempo que la acción misma se torna posible. El alto riesgo involucrado en el hecho de ejecutar la acción posible es aparente. Esto se revela, *inter alia*, por el hecho de que es más fácil negar la intención en el caso de la acción que en el caso de la experiencia. De esto salen las complicaciones que surgen del problema de la negación de una teoría normativa o, incluso, en una lógica de acción.

Por lo tanto, la categorización de la selección como acción debe evaluarse como mecanismo que libera los sistemas de los supuestos de equivalencia y que hace posible las diferenciaciones. Como esto no puede ocurrir a una escala ilimitada, la acción tiene que, por decirlo así, ser capturada de nuevo y domesticada. La función primaria de la construcción social de la posibilidad de actuar y de la especialización de los mecanismos de control relacionados con ésta, está en la aparición de una vía indirecta a la producción de complejidad social aumentada, consistente en la creación y limitación de la posibilidad de selecciones diferentes en el mundo de sentido construido intersubjetivamente.

Dado el interés en designar y en clasificar, surgen categorizaciones que presuponen y explican el hecho de la acción, y así ordenan la *experiencia* propia y las *acciones* de los demás. Esto incluye el concepto de voluntad (como opuesto a la razón), la noción de la contingencia del acto de seleccionar como *libertad* (como opuesto a la casualidad), y en épocas más recientes, especialmente la computación de motivos[40] e intenciones.[41] La voluntad libre es un antiguo atributo europeo de la acción, la motivación es uno moderno, en cada caso no es un hecho primario, tal como una *causa* de la acción,[42] sino una atribución que hace posible que la ex-

---

40. Sobre el concepto de motivo propuesto aquí, compárese Blum y McHugh (1971).

41. Para un estudio más reciente de la investigación ver Maselli y Altrocchi (1969).

42. No una causa, principalmente porque la voluntad y el motivo no pueden determinarse del todo independientemente de la acción que determinan. Compárese Melden (1961, pp. 83 ss.).

periencia de la acción sea socialmente comprensible. Los motivos no son necesarios para la acción, pero son necesarios si las acciones van a ser experimentadas en forma comprensible. De este modo, un orden social estará mucho más integrado en el nivel de la atribución de motivos que en el nivel de la acción misma. Así, la comprensión de los motivos ayuda retrospectivamente a reconocer si una acción ha ocurrido.[43]

No se puede describir en forma adecuada la función del medio de comunicación del poder, sólo en términos de hacer simplemente que la persona sujeta al poder acepte directivas. El portador de poder mismo debe ser formado para ejercer su poder y, en muchos casos, allí está el problema mayor. ¿No es más fácil, en la duda, para la persona más independiente sólo contenerse y dejar que las cosas tomen su curso? Incluso la motivación de la persona que transmite la selección sólo se construye y atribuye en el proceso de la comunicación. Y debido a su poder, al portador de poder se le atribuirán éxitos y fracasos y se le imputarán motivos apropiados, quiéralo o no. De este modo el poder no se convierte en el instrumento de una voluntad ya presente; antes que nada genera esa voluntad. El poder puede hacer demandas a la voluntad, la puede obligar a absorber riesgos e inseguridades, incluso la puede llevar a la tentación y dejarla

---

43. La categoría de interés también pertenece a este contexto, *e incluso fue desarrollada especialmente para él* cuando el interés recibió una forma definitiva en los primeros días de la sociedad civil. El interés es ese motivo de la *acción* que (sólo) puede lograrse en la reflexión, es decir (sólo) en la *experiencia*, que puede reconocerse de inmediato en la perspectiva de la experiencia como un acto problemático de separación y que, para la sociedad civil, está unido con la diferenciación social, principalmente en términos económicos. Aquí, la necesidad de unanimidad social está unida a la transferencia de la diferenciación de la acción en categorías de experiencia. Sin embargo, en la sociedad civil, esto no puede lograrse ni por medio del fervor religioso (Fenelon), ni por medio de la moralidad concreta del Estado (Hegel) sin mencionar el no concepto de «interés público», sino que sólo puede lograrse por medio del dinero como la fórmula para armonizar los intereses que aún están involucrados. Sobre la historia del concepto de *interés* véase Spaemann (1963, especialmente pp. 74 ss.); Hirsch-Weber (1969, pp. 50 ss.); Neuendorff (1973).

frustrada. Los símbolos generalizados del código, los deberes e insignias del cargo y las ideologías y condiciones de legitimación sirven para ayudar al proceso de articulación, pero el proceso mismo de comunicación sólo cristaliza motivos cuando se está ejerciendo el poder.

2. En contra de esta perspectiva se debe comprender la especialización de un medio que efectúa la transmisión de una acción seleccionada a otra, y que de esta manera supone a *ambas* personas como sistemas a los que se atribuyen sus selecciones como acciones. Se espera que la persona sujeta al poder sea alguien que elija su propia acción y así tenga la posibilidad de autodeterminación. Sólo por esta razón los instrumentos del poder, como por ejemplo las amenazas, lo acosan con el objeto de dirigirlo a esta elección autorrealizada. E incluso, el portador de poder no sólo emprende esto para representar lo que es verdadero, sino también para actuar de acuerdo con su propia voluntad. Por esta razón se postula la posibilidad de divergencia atribuible y especificable para la relación entre dos. Una trasmisión de complejidad reducida ocurre cuando, y en cuanto que, la acción *alter* está involucrada en determinar cómo *ego* selecciona sus acciones. El éxito de cualquier ordenamiento del poder consiste en la diferenciación aumentada de situación y selección, sin embargo, con la posibilidad de alcanzar esas diferencias.

Para esto necesitamos *una ruta indirecta por vía de las negaciones*, la que hace ciertas demandas al código del poder. Si el poder va a efectuar una combinación de alternativas *elegidas*, y si otras alternativas aún están en juego, la probabilidad de esta combinación sólo puede ser sustentada al coordinar, en paralelo, la *eliminación* de alternativas. El poder supone que *ambas* personas ven alternativas, la realización de las cuales desean *evitar*. Por ambas partes, además de la simple pluralidad de posibilidades, debe haber un orden de preferencias que debe esquematizarse en términos de, por un lado, evaluación positiva y, por otro lado, evaluación negativa, del cual la otra parte debe estar enterada.[44] Al usar este supuesto por ambas partes puede producirse una *combinación hipotética* de alternativas evitables, en su mayoría simplemente por medio de la amenaza de sanciones, que el poseedor mismo del poder preferiría evitar: «Si no lo haces, te golpearé» Pero incluso eso no es suficiente. El poder no se ejerce a menos de que la relación de los participantes con sus alternativas evitables respectivas sea estructurada *en forma diferente*, de tal modo que la persona sujeta al poder tenga una preferencia mayor por evitar su alternativa que la que tendría el portador del poder, en nuestro ejemplo, la lucha física. Tampoco ocurre a menos de que esta relación entre el modo en que los participantes relacionan sus alternativas evitables pueda ser reconocida por los participantes. En resumen: el código del poder debe originar una relación entre relaciones. En este supuesto surge la *posibilidad de unir condicionalmente la combinación de alternativas evitables con la combinación de otras alternativas evaluadas menos negativamente*. Esta unión motiva la transferencia de selecciones de acciones desde el portador del poder a la persona sujeta al poder.

Esto otorga poder al que pueda decidir si surge o no esta unión condicional de combinaciones de posibilidades.[45] De este modo, el poder descansa en el hecho de que existen posibilidades cuya realización es *evitada*. La prevención de las sanciones (que son y siguen siendo posibles), es *indispensable* para el funcionamiento del poder.[46] Por ejemplo, cada

------

44. No damos por sentado ningún orden transitivo de las preferencias. En la medida en que esto exista, se hacen más fáciles los cálculos sobre el poder y su uso, excepto en los casos extremos. De otro modo, para el esquematismo binario de las preferencias véanse pp. 61 ss.

45. Por lo tanto, la contingencia del poder ya ocurre en el contexto de la mera posibilidad, no sólo en la decisión sobre el «empleo de las fuentes del poder». Sobre esto, véase la diferenciación minuciosa entre las amenazas y premisas no contingentes y contingentes en Tedeschi (1970).

46. Diferente de esto es la teoría difundida de la amenaza, en la que el mero hecho de amenazar sólo se considera como un *substituto* para el ejercicio real del poder, un sustituto con ciertas características que pueden desatar las fuerzas gene-

recurso real de alternativas evitables, cada ejercicio de la violencia, cambia la estructura de la combinación de un modo casi irreversible. Evitar que esto ocurra está entre los intereses del poder. De este modo, ya en términos de su propia estructura (y no sólo por medio de referencias a las leyes), el poder descansa en controlar el caso excepcional. Se desbarata siempre que tienen que realizarse las alternativas evitables.[47] Como resultado, entre otras cosas, las sociedades altamente complejas, que necesitan mucho más poder que las sociedades más simples, tienen que modificar la proporción del ejercicio del poder a la aplicación de sanciones, y deben manejar una incidencia cada vez menor de realización factual de alternativas evitables.[48]

Estas proposiciones necesitan ser más clarificadas en lo que concierne a la relación entre sanciones negativas y positivas. A pesar de la posibilidad de ser lógicamente simétricas, las sanciones negativas y positivas difieren de manera sustancial en los supuestos que trabajan y en sus resultados,[49] que la diferenciación y especificación de los medios de comunicación no pueden ignorar sus disimilitudes. El amor, el dinero y la persuasión en el consenso sobre los valores no pueden definirse como ejemplos de poder. Por lo tanto, limitaremos el concepto de poder al caso que se refie-

---

ralizantes. Véase, por ejemplo, Clausen (1972, p. 8). Este concepto se parece mucho a las ideas sobre la generalización del poder que serán discutidas más adelante. Sin embargo, en mi opinión, no debemos hablar de *sustitutos*, porque este concepto da por sentado la equivalencia funcional de la sanción y de la amenaza; y esto es lo que está faltando.

47. Esta idea podría vincularse con la teoría y el acto de *provocación*. La provocación desafía al portador de poder para que revele su alternativa de evitación, e incluso, para que la realice y, de este modo, para que él mismo destruya su poder (!): una prueba típicamente infantil, pero que también se recomienda como una estrategia sociopolítica.

48. Así, p.e. Riggs (1957, pp. 70 y 86). Compárese también Parsons (1964*a*); Coser (1967, pp. 93 ss.).

49. Aunque la distinción es antigua y familiar, existe relativamente poca investigación empírica sobre una comparación entre las sanciones negativas y las positivas. Un estudio aparece en Raven y Kruglanski (1970, pp. 86 ss.). Con respecto de la disposición para cooperar como una variable dependiente, ver especialmente Miller *et al.* (1969); Schmitt y Marwell (1970); Chenney *et al.* (1972).

re al concepto de la sanción negativa (aunque este concepto necesita una mayor clarificación).[50] El poder sólo se usa cuando se construye una combinación de alternativas *más desfavorables* ante una expectativa dada. La diferenciación entre lo favorable y lo desfavorable depende de la expectativa y, por lo tanto también de la perspectiva ofrecida en cualquier momento.[51] La premisa inicial de una situación de poder bien puede descansar en las actuaciones positivas por parte del portador del poder: por ejemplo, en promesas de protección, demostraciones de amor o promesas de pago. Pero el poder propiamente dicho sólo aparece cuando lo que depende inmediatamente de la conducta de la persona sujeta al poder no es la continuación de estas actuaciones, sino su suspensión. Por ejemplo, si el gobierno central hace que la concesión de los fondos públicos complementarios dependan del comité de recursos de una autoridad local para un proyecto dado, esto no constituye en sí una expresión de poder, exactamente del mismo modo en que la transacción de una venta normalmente tampoco lo es. El poder surge en el momento en que se usa la amenaza de retirar los fondos públicos complementarios con el objeto de exigir de la autoridad local una forma de conducta (digamos, abstención de hacer cualquier observación crítica al gobierno central) no considerada originalmente en el programa de concesiones centrales. Aquí está la diferencia: en el caso del condicionamiento previo a través de actuaciones positivas, el sujeto involucrado es libre de considerar que, aunque ocurra un condicionamiento posterior por medio de la amenaza de retiro,

---

50. Sobre esto, explícitamente Parsons (1963*a*); Blau (1964, p. 117); Bachrach y Baratz (1970, pp. 21 ss.). Compárese también Baldwin (1971*b*), quien muestra que la ciencia política tiende a ir predominantemente en esta dirección y elabora las diferencias importantes entre las sanciones negativas y las positivas, y entonces, sorprendentemente, aún opta por un concepto de poder que se sobrepone a ambos tipos de sanción. Mi principal objeción a este amplio concepto de poder es que incluye al dinero y al amor como formas de influencia.

51. Blau (1964, p. 116), habla de una «línea de referencia inicial», es decir, de un *status quo* con respecto al cual el castigo y la recompensa deben diferenciarse primero.

él ya se ha decidido y, por lo tanto, ha ganado una posición más fuerte.

Por esta razón, las sanciones positivas y las negativas también se diferencian en sus necesidades de legitimación. Por otro lado, precisamente esta posibilidad de transformar las actuaciones positivas en sanciones negativas es lo que posibilita la disponibilidad de recursos de motivación y de posibilidades de efecto para el portador de poder, las que de otra manera no podrían estar abiertas a él. El poder formado a través de la organización descansa, en gran medida, en esta ruta indirecta.

Habiendo dado esta explicación, volvemos a nuestro tema principal. Bajo la influencia de una estructura de medios construida de un modo tan completo y que opera por medio de negaciones, las que revelan un modo de selectividad enfático y exagerado de la conducta de *ambas* personas, *la acción se convierte en decisión*, es decir, en una elección conscientemente selectiva. La improbabilidad de este código simbólicamente generalizado y diferenciado simplemente en desarrollo en el nivel operacional se refleja en especulaciones sobre decisiones que pueden llegar a ser incómodas, tanto para la persona sujeta al poder como para el mismo portador de poder. Por lo tanto, uno no se puede sorprender si, en los campos de selección cada vez más complejos, al final los problemas del poder culminan en dificultades para tomar decisiones.

3. La estructura básica del poder como un medio de comunicación, es decir, como una combinación que se hace condicional a la inversa, por decirlo así (desafortunadamente no puede formularse de un modo más simple); es decir, una combinación de pares de alternativas que comparativamente son negativas e igualmente positivas, explica el hecho de que el poder aparezca como *posibilidad* (potencial, oportunidad, disposición) y que también *como tal funciona*.[52] Sobre esta

---

52. Aquí no nos preocupamos de una *distinción* entre el poder real y el potencial (como se formula frecuentemente), sino de la orientación real y efectiva hacia

base, las interacciones comunicativas se traducen en diferentes modalidades desde el punto de vista del poder. Cuando existe una comunicación sobre materias factuales, lo que se toma en cuenta es que una parte tiene la posibilidad de imponer sus opiniones. Al generalizar según la posibilidad, el poder se iguala en frente de sus contextos y, hasta cierto punto, se independiza una realidad que sólo es fragmentaria y que sólo se da en situaciones particulares; la proyección de la posibilidad permite —en las palabras de Nelson Goodman—[53] que se llenen los vacíos de la realidad.

Un problema típico que resulta de esta modalización es uno que ya ha preocupado a la ciencia, tanto en la teoría como en el método.[54] La modalización crea un exceso de posibilidades. El poder, que es una posibilidad constante para el portador de poder y un atributo, habilidad o cualidad suya, sin embargo, no puede usarse todo el tiempo sobre toda la gente y todos los sujetos en el campo del poder y, sobre todo, no en forma continua. Esperar que todo el poder se ejerciera todo el tiempo no sólo exigiría un esfuerzo demasiado grande por parte del portador de poder; de acuerdo con las prescripciones del código del poder, esto también impediría la acumulación de poder valioso. El portador del poder debe comportarse selectivamente en razón de su propio poder; debe considerar si quiere ponerlo en juego; debe ser capaz de autodisciplinarse. El portador del poder necesita directivas y ayudas adicionales a la racionalización para aquellos tipos de decisiones que son inevita-

---

las posibilidades, de la ley de Friedrich de las reacciones anticipadas. Compárese Friedrich (1941, pp. 589 ss.), y también (1963). Véase también la distinción entre el «potencial para el poder» en Rose (1967, p. 47), y también Wrong (1968, pp. 678 ss.). A pesar de todo el esfuerzo que se ha puesto en esta distinción, sus fundamentos lógicos y teóricos no quedan claros en el análisis final. La diferencia entre un poder meramente posible y un potencial para el poder, el ejercicio del cual es probable y el que, como tal, funciona sólo por medio de la anticipación, sólo puede clarificarse al volver a referirse a las diferentes condiciones de posibilidad, es decir, al hacer una diferenciación entre los sistemas de referencia.

53. Véase Goodman (1965, p. 50).
54. Compárese March (1966, pp. 58 ss.).

bles;[55] por esta razón, una versión reciente de la teoría del poder en términos económicos ha intentado ofrecer cálculos de costo.[56] Actualmente, es una cuestión por decidir hasta dónde se puede llegar con esto. En todo caso, el hecho social de la modalización del medio del poder hace necesario que la teoría del poder tome en cuenta dos ámbitos simultáneamente; las condiciones genéticas y estructurales para la constitución del poder como potencial, y las condiciones estructurales y situacionales para el ejercicio del poder.

Esta diferenciación entre la potencialidad y la actualización ocasiona dos cosas. En el nivel del código simbólico es posible que se den indicaciones sobre donde emplear el poder, pero no pueden especificarse totalmente, porque eso eliminaría el exceso disponible de potencialidad. Si el código va a simbolizar un potencial sustentado, debe especificarse en este aspecto. Esto limita particularmente la imposición de directivas legales sobre el poder, que podrían forzar al portador del poder a intervenir constantemente. O, por decirlo de otra manera, la legalización pone en peligro al poder al hacerlo recusable. En segundo lugar, una decisión de hacer uso del poder puede involucrar una pérdida de poder en el campo del proceso de la conducta real del poder, es decir, puede significar el sacrificio de la inseguridad, de la franqueza y de la «liquidez» de lo posible.[57]

Al mismo tiempo, la generalización modal vuelve sensible al poder a cierta información sobre realidades contrarias: ya

---

55. El principio más simple de este tipo es que uno sólo usa el poder en el mismo grado en que se manifiesta la oposición (así, p.e. Clark [1965, pp. 12 ss.]). Sin embargo, el asunto principal es si el manejo «económico» del poder no implica también el abandono de la imposición, del mismo modo en que la racionalidad económica, en general, no aumenta al máximo los rendimientos, sino las relaciones entre el gasto y los resultados.

56. Harsanyi (1962a) y (1962b).

57. Así, por ejemplo, Abranson et al. (1958, p. 17). Parsons presenta este problema en analogía con el medio del dinero, usando la noción de que cada uso del poder es un «gasto de poder», es decir, significa una pérdida de poder. Compárese Parsons (1963a, p. 246); (1964a, p. 50 s.); (1966, pp. 97 ss.).

que el portador de poder depende del procesamiento de formación proyectiva, no puede permitirse ser derrotado en ningún caso individual. En algunas circunstancias, incluso debe luchar para mantener la fachada de su poder.[58] Al mismo tiempo que ocurre la comunicación sobre la acción proyectada, ocurre una *metacomunicación* sobre el poder.[59] Puede tomar la forma de un acuerdo previsor táctico o de la anticipación previsible de expectativas; también puede ser actualizada y, como último recurso, puede ser *formulada* explícitamente[60] por medio de indirectas y de alusiones sin respuesta. En términos del proceso de comunicación, el poder formulado adquiere el carácter de una amenaza. Se expone a sí mismo a la posibilidad de una negación explícita. Esto constituye un primer paso hacia la realización de alternativas inevitables, un primer paso hacia la destrucción del poder y así se evita dondequiera que sea posible. Por ejemplo, en vez de referirse directamente a la violencia, se puede hacer referencia a una demanda legal que, a su vez, contiene el refuerzo esencial de la violencia.

La formulación del poder que puede parecer necesaria con el objeto de clarificar y producir una definición modal convenida de la situación, es difícil y problemática, particularmente en los sistemas simples de interacción primaria. En los sistemas sociales organizados y en el nivel de los sistemas sociales comprensivos existen equivalentes institucionalizados que abastecen esto, tales como las competencias reconocidas o normas legales válidas a las que uno puede referirse. Estos equivalentes sirven para facilitar y desperso-

---

58. La provocación también puede ayudar a revelar esta situación, particularmente las provocaciones triviales, las que sirven para elicitar y hacer obvio el ejercicio del poder por el poder.

59. Compárese sobre este concepto Watzlawick *et al.* (1967).

60. «Formulada» en el sentido usado por Garfinkel y Sacks (1970). Esta *formulación* de una referencia del código en la interacción cotidiana debe diferenciarse estrictamente de la naturaleza del código formulada en forma general, tal como su disponibilidad en la forma de un texto escrito. Sin embargo, los textos también tienen que citarse, y esto es lo que se entiende aquí por formulación.

nalizar el ejercicio del poder en los sistemas de interacción, es decir, para preparar motivos para el ejercicio del poder, aunque también puedan surgir inhibiciones en la formulación en relación con ellos (como todo superior sabe, si tiene que referirse explícitamente a los deberes de un empleado duro de oído).[61]

Aquí no podemos entrar en detalles sobre las formas en que se puede llevar a cabo la metacomunicación relativa al poder. Para nuestro propósito, estamos interesados principalmente en ver que la diferenciación entre el código y el proceso toma la forma de una acción comunicativa modalizante. Esta modalización —y no, por ejemplo, una habilidad, fuerza o potencial inherente al poseedor del poder, ni tampoco solamente los medios a su disposición— constituye la base del hecho de que el poder sea efectivo como una mera posibilidad, incluso sin comprometer a los denominados instrumentos del poder. Las conceptualizaciones en términos de *oportunidad* (de hacer algo) o como potencial de poder, no dan a entender este punto en forma adecuada.

4. Además de esto, necesitamos nuestro análisis de la modalización del poder al combinar combinaciones de alternativas evaluadas negativamente en forma relativa con las evaluadas positivamente en forma relativa, con el objeto de clarificar ciertos problemas en la estructura temporal de las relaciones del poder.

En el campo de los procesos interaccionales, *se pueden tomar las decisiones durante un periodo prolongado*, si el poder, como una posibilidad, se obtiene con base en acciones posibles, la realización de las cuales a uno le gustaría evitar. Un sistema social que tiene esta posibilidad a su disposición puede, con eso, ganar tiempo con el objeto de ordenar la

---

61. De interés en este contexto son los resultados de un estudio empírico de las relaciones de comunicación entre los superiores y los subordinados hecho por Burns (1954). Compárese también en confirmación de esta tendencia Weber (1970, especialmente pp. 244 ss.); Zalenik *et al.* (1970, pp. 97 ss.).

complejidad. Las cosas que no pueden ocurrir simultáneamente se tornan posibles en una secuencia ordenada. Este es un modo de extender el repertorio de acciones de un sistema que puede estar integrado e interrelacionado.

Para empezar, estas estructuras temporales ocurren en la propia esfera de acción del portador del poder. Primero, puede trazar el curso de acción deseado tanto experimentalmente como sin comprometerse, sabiendo muy bien que tiene el poder a su disposición. Puede intentar investigar si sólo con esto será suficiente, debido a que la otra persona sabe donde está el poder. Si hay una muestra de resistencia, puede hacerse más terminante y empezar, implícita o explícitamente, a comunicarse en torno al poder, en otras palabras, puede amenazar. En este punto existen diferentes grados de intensidad. Por último, si todo lo demás falla, puede decidir si lleva o no a cabo la sanción, es decir, realizar o no la alternativa evitable. Por un lado, la unidad de esta cadena está establecida por el sistema en que ocurre y, por otro lado, por el código del poder mismo, es decir, al evaluar si el potencial se ha mantenido o ha aumentado. Así, no sólo es cosa de suerte si un paso sigue al otro y si las expresiones de poder aumentan en la manera descrita. En este curso de acción, el sistema y el código funcionan como identidades complementarias que definen la posibilidad o imposibilidad de dar los pasos subsecuentes. Al mismo tiempo, estas cadenas están formadas por las decisiones tomadas en situaciones nuevas y transformadas. Puede depender del portador del poder mismo y de la situación si, aunque la comunicación no sea en forma calmada, comienza a hacer algunas referencias al poder que tiene; lo mismo se aplica si además lleva al cabo una sanción amenazada. El sistema y la potencialidad de su poder le dejan la decisión, no para ser tomada a voluntad, sino en conjunción con condiciones de consistencia definidas en forma más o menos profunda. Aquí también podemos ver el exceso de posibilidades mencionadas anteriormente (pp. 36 ss.). Por lo tanto, una pregunta importante es ¿qué parte de la conducta se deja abierta para el portador de poder mismo con respecto a su cadena de toma de decisiones?, ¿cuán abierto aún es su futuro, una vez que ha comenzado a comunicarse?[62] En este ejemplo, la extensión y seguridad de su potencial de poder puede ser tan importante como el grado de diferenciación, es decir, de carencia posible de consideración en conexión con sus otros roles y, fundamentalmente, tan importante como el tipo de simbolización de poder: por ejemplo, si una forma normativa de legitimación o incluso una formulación jurídica de poder pone más presión en el portador de poder para que sea consistente. El carácter abierto de su futuro y la flexibilidad de sus acciones no dependen del todo de si el portador de poder es libre de actuar de modo oportunista.

Estas son cadenas de toma de decisiones relativas a un portador de poder, que deben distinguirse cuidadosamente de aquellas cadenas que unen a varios portadores de decisiones. Ambos tipos de contextos de decisión ordenada temporalmente se hacen posibles por medio de un aumento en la formulación del poder como potencial, y ambos sirven para ordenar la complejidad en una secuencia temporal. Sólo con base en suposiciones relativamente complejas sobre un código del poder, el poder comienza a *fluir*, es decir, a tomar la forma de un proceso que trasmite complejidad reducida de una decisión a otra. La liquidez del poder es el efecto de ser un código adecuado, lo mismo ocurre con el dinero.[63] La impresión de *fluir* surge porque los sucesos (aquí: *acciones*) ocurren secuencialmente,[64] es-

---

62. Fisher (1969, especialmente pp. 27 ss.), también ve en este asunto un problema de estrategia y aconseja al portador de poder que no actúe de acuerdo con la rutina o bajo la presión del compromiso, sino que tome una decisión nueva sobre cada paso con respecto de la situación y las posibilidades de toma de decisiones del destinatario. Paralelo con esto se tendría que examinar de qué precondiciones estructurales depende la apertura del futuro del portador de poder.

63. Sobre esta comparación véase también Talcott Parsons, en un sentido reconocidamente diferente del «gasto de poder» al establecer «decisiones obligatorias», lo que involucra una transmisión del poder gastado. Véase Parsons (1963*a*, p. 246); (1964*a*, pp. 50 s.); y (1966, pp. 97 ss.).

64. En la investigación del poder en la comunidad estadounidense, se habla de *emisiones*.

tando sus selectividades relacionadas unas con otras por medio de un código, en el sentido de que las selecciones se presuponen o se completan unas a otras en forma recíproca. En el caso del poder, la consistencia del contexto está garantizada por medio de los *temas* (*Themen*), y parece que los procesos de poder individuales sólo pueden identificarse por medio de la integración temática.[65] Aquí también encontramos limitaciones importantes en la formación de las cadenas de poder, a las que volveremos más adelante.

La movilización, la formación de cadenas, la generalización y la especificación temática de los procesos del poder aumentan los recursos socialmente disponibles, al hacer posible las combinaciones de acciones y los incrementos en la selectividad, los que, por decirlo así, no surgirían espontáneamente.[66] De este modo, es posible lograr una cierta independencia de las motivaciones que surgen en forma simple de compartir intersubjetivamente la misma experiencia vivida. Es un hecho que no se pueden dar por sentado estas diferenciaciones y conexiones entre los procesos del poder, lo que hace comprensible la naturaleza problemática del poder.

Uno puede ver que lo que llegó más rápidamente a la mano en el proceso de desarrollo hacia formas superiores de sociedad civilizada, *no* fue la especialización real de un poder de toma de decisiones apropiado, sino la insistencia en que la sabiduría era idéntica a la competencia de la toma de decisiones, y la verdad con el poder. Bajo estas circunstancias, como las que se pueden averiguar rápidamente de los

---

65. Es diferente en el sistema económico donde los procesos orientados por los medios tienen que abandonar la integración temática y, por lo tanto, funcionar como sustitutos para la materia de los símbolos «transferibles» del dinero, cuya identidad garantiza la consistencia de los sucesos selectivos. Esto hace posible que se nos aclare el «flujo» del proceso económico, a pesar de los cambios en el interés temático en torno a la circulación de los símbolos del dinero. La comparación entre la circulación del poder y la del dinero encuentra sus límites en esta abstracción mayor del dinero.

66. Eisenstadt (1963) examina este problema usando el ejemplo de las formaciones antiguas de los grandes imperios.

relatos de las civilizaciones del Lejano Oriente,[67] puede presumirse que la posición de la persona sujeta al poder no permite muchas alternativas. En el caso de tal diferenciación de código incompleto, tampoco se necesita la construcción de un sistema legal suficientemente complejo para la codificación del poder. Los conflictos y las esquematizaciones binarias cargadas de conflicto están desacreditadas moralmente. El poder absoluto postulado en ese caso permanece pequeño, porque no encuentra ninguna situación de elección en la que pudiera intervenir. En estas circunstancias, la sociedad no indica la primacía clara de cualquiera de los campos diferenciados de la política, el poder o la ley, la contingencia de los cuales, y su capacidad de diferenciación sobre la base de la acción, parece una etapa con base en la acción necesaria de la evolución social.

---

67. Compárese por ejemplo Hahm (1967).

Capítulo III

FUNCIONES DEL CÓDIGO

El punto de partida para desarrollar la teoría del poder que hemos elegido tiene consecuencias para el modo en que uno percibe y continúa la pregunta de cómo se aumenta el poder. Por ejemplo, si uno trata al poder, lo mismo que Kurt Hold,[68] como una habilidad para hacer daño, la manera en que ocurre el aumento consiste en el grado de daño que puede causar el portador de poder, y/o en el grado de contra poder que pudiera evitar el daño en forma efectiva. Este punto de partida sí que tiene ventajas para la metodología y la medición; sin embargo, no abarca la función ordenadora característica del poder, o sólo lo hace de modo indirecto por medio de una teoría de la amenaza del poder.[69] La asociación estrecha de lo poderoso con lo peligroso, realmente sólo es adecuada para sociedades arcaicas y modos arcaicos

---

68. Véase Holm (1969) y compárese la definición de la p. 278: «El poder de A sobre B es la habilidad de A de poder atribuir valores negativos a las acciones de B».

69. Esto conduce a las dificultades que deseábamos evitar en la elección del concepto del poder. Véase Holm (1969, p. 282). Como una crítica de las simplificaciones metodológicas en este aspecto compárese también Krysmanski (1971, pp. 65 ss.).

de pensamiento,[70] para sociedades sin medios de comunicación diferenciados. La formación de conceptos debe ir de la mano con el desarrollo societal. Por medio de una teoría de los medios de comunicación se desarrolla un concepto del poder, que hace posible ver cómo puede mejorarse la realización de funciones particulares bajo diferentes condiciones sociales. La función que se va a realizar es la transferencia de complejidad reducida, la que se torna más crítica mientras más complejo se vuelve el mundo constituido intersubjetivamente, y las condiciones para aumentarla están institucionalizadas en el código del medio.

Todas las posibilidades de mejora (aumento) están unidas a lo que es básico para la diferenciación del código y el proceso: la generalización de los símbolos.[71] Al decir generalización queremos decir una generalización de orientaciones significativas, que hace posible que persista un significado idéntico cuando se le enfrenta a diferentes personas en diferentes situaciones, con el objeto de sacar conclusiones iguales o similares. Al reducir el significado de la situación inmediata, disminuye la carga de obtener y evaluar la información en casos individuales, y se elimina la necesidad de reorientación completa al cambiar de un caso a otro. De este modo, absorbe inseguridad en forma simultánea. Se torna posible formar *expectativas* complementarias y modos de comportarse con base en las expectativas, pero al mismo tiempo se corre el *riesgo* de que este tipo de conducta, aunque esté orientada por la expectativa, no sea adecuada para la situación, porque no explota las posibilidades que la situación concreta puede ofrecer (por ejemplo, no explota una debilidad momentánea del poseedor del poder) y se pierden oportunidades de aprender. La flexibilidad de la conducta en diferentes tipos de situación dentro de un código es, al menos por el momento, pagada por la inflexibilidad del código.

---

70. Compárese Douglas (1966, especialmente pp. 94 ss.).
71. Compárese Parsons (1951, pp. 10 ss.); también Parsons *et al.* (1953, pp. 41 ss.).

Eso se aplica, especialmente, a la generalización normativa y conscientemente contrafactual.

Por simbolismo (símbolos, códigos simbólicos) debe entenderse una situación de interacción estructurada de un modo muy complejo en una forma simplificada y, de este modo, experimentada como unidad. Las condiciones para la formación del poder como el medio de comunicación analizado en la sección previa, como tales no pueden ser un tema permanentemente consciente en ambas partes. Se resumen y describen en símbolos de palabras o en signos, o bien, nuevamente, mediante la simbolización de la identidad de la gente. Las formas de expresión varían, por ejemplo, en su relación con las fuentes de poder, en su grado de personalización, en el grado de su formulación jurídica, etc. El simbolismo como tal es un prerrequisito vital para la formación del poder. El lenguaje —y no sólo sólo el lenguaje teórico de la ciencia— tiene «conceptos de disposición» tales como la fuerza, la habilidad y el potencial, listos para este propósito. Estas expresiones esconden el hecho de que el poder es una modalización de los procesos comunicativos, porque combinan la expresión de la posibilidad con una atribución de poder para el portador de poder. En esta función, son partes del código del poder mismo.

Como potenciales simbolizados, los conceptos de disposición tienen características identificables: logran la simplificación al pasar por alto la aclaración o al anticipar lo que se hace posible. No son modelos, mapas o planes; no necesitan parecerse a lo que se hace posible. En cambio, dan por sentado el tiempo —casi como un equivalente funcional de la semejanza— y las oportunidades que surgen con el tiempo. Los símbolos expresan una posibilidad estabilizada, una disposición del sistema para actuar como su propio catalizador, que puede tornarse productivo si surgen otras condiciones.[72]

---

72. Véase el concepto del estado de disposición condicional en MacKay (1972, pp. 12 ss.).

Con base en una generalización simbólica y en una potencialización, para cada medio diferente se puede desarrollar un código diferente. No cada serie de símbolos generalizadas, no cada texto, no cada estructura es necesariamente un código en el sentido más preciso. Por código queremos decir una estructura que está en posición de *buscar y atribuir un ítem complementario diferente a cualquier ítem dentro de su campo de referencia*. El funcionamiento de estos códigos puede aclararse en términos de los códigos especiales que sirven para reescribir textos en otros portadores de datos, para los propósitos de traducción o para el procesamiento mecánico de la información. Pero hay muchos otros casos, por ejemplo, sobre la base de las enzimas, incluso en la evolución preorgánica (códigos genéticos).[73] Para la evolución social y cultural, el código más importante se forma con la ayuda del lenguaje, porque el lenguaje implica las capacidades para la negación, de manera que, para las funciones importantes del lenguaje, existe una negación que corresponde exactamente a la expresión.[74] Precisamente debido a esta habilidad de la comunicación lingüística para decir que no, que se tornan necesarios aquellos mecanismos adicionales al lenguaje que hemos combinado bajo el título de medios de comunicación. Tienen que garantizar su habilidad para operar como un código de otro modo. Volveremos a esto en el capítulo VI, en el contexto de la discusión de la esquematización binaria.

Las estructuras con características de código parecen extremadamente significativas, tal vez incluso indispensables, para la construcción de sistemas complejos. Las razones de esta capacidad están en el tipo de selección posible sobre la base de un código, más precisamente en su combinación de universalismo y particularidad. El código está en posición

---

73. Compárese Eigen (1971, pp. 492 ss.) sobre los sistemas moleculares con habilidades para dar instrucción complementaria.
74. Compárese Schmidt (1973) sobre esto y sobre los límites para las posibilidades de negación que pueden articularse lingüísticamente.

de asignar a cada ítem un complemento que le corresponde en forma exacta, relativamente independiente de la distribución en el sistema circundante. Así, por ejemplo, a cada comunicación lingüística se le asigna la negación que le corresponde en forma exacta, a cada declaración verdadera su negación que le corresponde en forma exacta, cada producto o insumo, el registro cruzado correspondiente, a cada sonido sus letras, etc. De este modo, el código produce, a medida que lo requiere la oportunidad (aunque independientemente de la distribución de las oportunidades excepto en lo que concierne a la duración o probabilidad del proceso) pares característicos del sistema como un prerrequisito para operaciones posteriores.

En un sentido muy elemental o interaccional, el poder siempre es un código, es decir, en cuanto que asigna alternativas de evitación en cada etapa para la selección de acciones cuya transmisión se busca, con lo cual duplica inmediatamente las posibilidades bajo consideración. Como se ha mostrado, esta duplicación, típica de un código, hace posible asignar un no deseo de la persona sujeta al poder a un deseo del portador de poder. Una persona que quisiera ser estudiante se transforma en alguien que no hubiera deseado ser reclutado debido a los papeles de reclutamiento y sólo debido a ellos,[75] y así es educado en contra de la complementariedad del deseo y no deseo, que es decisivo en el contexto del poder. Así, por medio del poder, de la impulsibilidad difusa y de la espontaneidad que lucha por metas de la vida social, surge una distribución *innatural* del deseo y no deseo como precondición de acciones específicas. Este es el punto de partida, un prerrequisito necesario para cada mejora del poder.

Como resultado de esta regla de duplicación que forma alternativas evitables complementarias, el poder siempre es

---

75. Deliberadamente estoy usando la forma pasada con el objeto de decir que la expresión de poder pone al compañero en posición de tener que tener otra historia, esto es, una que le dé a sus metas una sutileza de selecciones con posiciones frontales distintivas.

un código. En cada caso, da dos cursos a la situación, a favor o en contra del intento del portador de poder. Por decirlo así, eso es poder en bruto. La relación entre estos dos cursos puede codificarse una vez más, es decir, puede duplicarse nuevamente, por ejemplo, como combinaciones permitidas o prohibidas. Esta *codificación secundaria* está relacionada precisamente con la relación que se forma por medio de la regla de duplicación del código primario, y sus problemas de referencia están en un área específica de problemas de esta relación. En el caso del poder, los grados excesivos de libertad ofrecidos por las combinaciones posibles con las alternativas evitables, deben traerse dentro del alcance de las expectativas. De este modo, en nuestra propia tradición, la *codificación secundaria* del poder resulta del esquematismo binario de lo correcto y lo incorrecto.[76]

Incluso en el área de los medios de comunicación esto no es un caso aislado. Así, en el código económico de la propiedad, la regla simple es que los fondos de una persona significan, simultáneamente y en grado idéntico, la pérdida de los fondos de otra; aquí se da una codificación secundaria en el mecanismo monetario en una cierta etapa de desarrollo. El código monetario duplica las oportunidades de convertirse en dueño de una propiedad por medio de los símbolos del dinero (sin valor en sí mismos). Esto pone en movimiento las posesiones materiales; pueden, como podría decirse, cambiar a sus poseedores y, debido a esta posibilidad, aumentar sus valores, ya que se entregan a cambio de riqueza o dinero. Como no poseedores de ciertos bienes, aquellos que tienen dinero tienen la oportunidad de adquirirlos, y viceversa. Un problema parecido surgió en el esquematismo lógico del medio de la verdad tan pronto como se legitimizó reflexivamente el proceso de la negación y se le aceptó en el código del medio como más reflexivo. Entonces, para usar una formulación de Bachelard, las verdades «se

---

76. Véanse, para más detalle sobre esto, pp. 68 ss.

dialectalizarían» con respecto a su potencial para convertirse en una falsedad, y viceversa para las falsedades.[77] A los contemporáneos de este cambio les pareció que la mente misma se había puesto dentro de la estructura de la historia. Pero la historia no es un código. Es verdad que la codificación secundaria de la verdad está designada por títulos tales como dialéctica o lógica polivalente, pero hasta ahora, su estructura no se ha aclarado.[78]

Las codificaciones secundarias son un elemento, pero sólo uno, que aumenta la capacidad de los medios de comunicación para desarrollar la tarea de la transmisión requerida por la estructura societal cambiante. Tendrían que examinarse más profundamente en el contexto de una teoría general de los medios de comunicación. Además, el hecho de aumentar el poder en proporción a las demandas que se desarrollan en la sociedad, depende de los símbolos adicionales que se puedan asociar con el código del poder. El aumento no debe entenderse solamente como una generalización aumentada de los símbolos del código a una escala unidimensional. Más bien, los cambios en el nivel del poder que ocurren en las sociedades que se están tornando más complejas, se presentan contra una multiplicidad de problemas diferentes, cuyas soluciones tienen que institucionalizarse en el código del poder. No todas las formas de solucionar un problema son compatibles con otras, y todas tienen errores en su funcionamiento. Sus efectos totales determinan el nivel respectivo en que funciona el poder socialmente diferenciado.

Enseguida examinaremos una lista de estos problemas, aunque no seremos capaces de hacer justicia total a las interdependencias existentes. Nos dedicaremos exclusivamente a formas de preguntas que también pudieran ser desarrolladas para otros códigos de medios.

---

77. Véase Bachelard (1938); (1940).
78. Compárese Günther (1959); (1967). También Hejl (1971-1972) sobre la falta de soluciones para los problemas correspondientes en la teoría de los sistemas.

1. Las generalizaciones simbólicas hacen posible cambiar parcialmente el proceso de la transmisión de la complejidad reducida *desde el nivel de la comunicación explícita al nivel de la expectativa complementaria* y, con esto, eliminar algo de la presión del proceso de comunicación, la que consume tiempo, es tosca y no es traducida en forma astuta por el lenguaje.[79] Entonces, la anticipación de la persona sujeta al poder se presenta *en dos ámbitos*: no sólo se relaciona con las reacciones del portador de poder si sus deseos no se cumplen, es decir con las alternativas de evitación, sino que también se relaciona con los deseos mismos. El poseedor de poder no tiene que ordenar, porque se obedecen incluso las órdenes que no da. Aun la iniciativa de mando puede transferirse a la persona sujeta al poder; si no le es claro, pregunta cuál fue la orden. La comunicación explícita está limitada a una función residual inevitable. En cierta medida, con esta forma de aumento del poder, éste es transferido a la persona sujeta al poder: decide cuándo le hace caso al poseedor de poder y, con esto, no sólo gana influencia, sino también poder, esto es, las alternativas de evitación de estimular al poseedor de poder para que de ninguna manera dé órdenes todo el tiempo.[80] Los casos de mal funcionamiento del poder

---

79. Los mismos fenómenos son de una importancia funcional en otros medios de comunicación. Es completamente concebible que todas las verdades en funcionamiento siempre deban transmitirse por medio de la comunicación. En el caso del amor, un sentimiento profundo de comprensión mutua precisamente se basa en la ausencia de cualquier necesidad de usar los métodos toscos de la comunicación lingüística (en esta medida, muy problemática, Berger y Kellner [1965]). Y un desafío para comunicarse incluso puede ser un signo de crisis. Igualmente, el orden exitoso en el medio de comunicación del dinero descansa, en gran medida, en los cálculos que sólo se revisan explícitamente en los casos extremos, al usar tests de mercado, preguntas sobre precios, etc. En todos estos casos, se presume una diferenciación de los símbolos del código y de los temas, y el interés se centra en su reducción. Volveremos a esto en el texto.

80. Sobre esto ver Mechanic (1962); Rushing (1962); Kahn *et al.* (1964, pp. 198 ss.). desde el medio de las organizaciones. Compárese también Walter (1966). Mi conjetura es que las tendencias modernas hacia un estilo de liderazgo que está preparado para mostrar comprensión, que es permisivo y que otorga participación resulta del hecho de que, en todo caso, el poder del superior no puede hacer nada más que esto; o para decirlo de otra manera: que los aumentos en el poder, al

son límites en la formalización y la centralización del poder ejercido cuando no hay comunicación.

2. La anticipación del nivel dual del *a*) poder; y *b*) de la materia de que se preocupa el poder, demanda una cierta diferenciación de estos dos niveles y, de este modo, diferentes garantías de anticipación posible en ambos. Esta necesidad apunta a una característica más de los códigos de los medios totalmente desarrollados: la naturaleza dúplice de la formación simbólica. El código del medio mismo debe diferenciarse de aquellos símbolos que señalan selecciones, o disposición para hacer selecciones, para comunicar materias y opiniones, y para determinar los contenidos de las expectativas. Por lo tanto, el código incluso puede garantizar que el poder sea relativamente independiente de cualquier consideración de la materia por medio de símbolos adecuados, por ejemplo, cargos y aptitudes.[81] La independencia de la materia hace posible una separación temporal entre la formación del poder y el ejercicio del poder,[82] y hace más fáciles las iniciativas.

----

quitar la presión del proceso de comunicación, son necesarios, pero presumen una cierta división del incremento del poder. Más adelante se darán más detalles sobre esto.

81. La importancia de esta independencia de temas se ilustra bien en un contraejemplo, en un sistema tal como una universidad o una facultad que, por decirlo así, neutraliza cualquier personificación fuerte de poder al usar fluctuaciones que resultan del cambio de tema; sin embargo, tampoco puede ser dirigida por medio del poder o, desde un punto de vista del poder, ser abordada desde afuera. Compárese los análisis excelentes de Bucher (1970). En cada caso, la universidad, como una organización que se especializa en la verdad y en la educación, parece necesitar una neutralización del poder. Hoy en día, el poder dinámico y consensual está siendo reemplazado cada vez más por un estancamiento que surge del conflicto de los grupos, donde un «círculo interno» de individuos que aún están interesados en lo que pasa ejerce el poder real.

82. Esta separación parece ser más importante en el caso del poder que en caso del dinero. Uno fácilmente puede recaudar dinero de aquellos que, con la ayuda del dinero recaudado, siguen estando convencidos de que el dinero tenía que recaudarse en primer lugar: porque existe el crédito. El equivalente en el caso del poder sería el hecho de «*bluffear*» con los recursos del poder, los que sólo se crean por medio del *bluff*.

Por lo tanto, el mismo código de los medios consiste en reglas simbólicamente generalizadas sobre la combinación posible de otros símbolos que primero instigan los procesos de selección a través de la experiencia o la acción. Por ejemplo, en el código de la verdad están incluidas las reglas generales de la lógica, el concepto común de la verdad y los criterios para la aceptación de los métodos, pero no las teorías ni las ideas individuales que se ofrecen como posiblemente verdaderas en casos particulares. Asimismo, en el código del poder está incluida la simbolización de las fuentes del poder, de las limitaciones sobre el poder, etcétera; sólo no lo están las selecciones particulares del portador de poder, sus deseos y sus órdenes. Entonces, el código puede sobrevivir a los cambios de temas y puede estabilizarse, hablando en forma relativa, independientemente de ello.

La diferenciación y aumento de la función de los medios depende en gran medida del grado de abstracción en que puede organizarse esta situación de niveles múltiples. Un paso importante hacia la diferenciación de los niveles es hacer impersonal el medio. De acuerdo con el grado en que esto tiene éxito, el acto de la transmisión ya no depende de la persona que hace la selección, sino solamente de las condiciones del código. Entonces, la persona que conoce ciertas verdades o que tiene poder, sólo es un factor en la predicción de elecciones de la materia y de las reducciones, pero no es un factor formativo de la verdad o el poder. En este contexto, el hecho de distinguir entre el cargo y la persona, y de relacionar el poder con el cargo y no con la persona, ha tenido una importancia decisiva para el código del poder.[83]

---

83. Una de las razones importantes para el fracaso político de los teóricos chinos y de los consejeros reales que fueron llamados legistas, parece haber sido la falta de una separación entre el cargo y la persona del gobernante. Esto tuvo el resultado de que una teoría y práctica del poder altamente abstracta y desmoralizada llegó a ligarse concretamente a personalidades imperantes particulares y preservaron y cayeron en ellas. Compárese Vandermeersch (1965, especialmente pp. 175 ss.). Las reflexiones contemporáneas dan la impresión de que, como resultado de esto, tuvo que gastarse una cantidad excesiva de esfuerzo mental para mante-

Si se asegura esta distinción, en el contexto de un código del poder es posible que incluso se elijan portadores de poder y, en ciertos casos, se intercambien, vistos, como podría decirse, como concentraciones personificadas de disposición para seleccionar.

La pluralidad de los niveles ocasiona ventajas de generalización sin tener que pagarlas con la inseguridad o sacrificar la posibilidad de realización concreta. Los cargos pueden ocuparse. Al mismo tiempo que ocurre la diferenciación de los niveles simbólicos surge un problema secundario: la pregunta de si las dificultades de comunicación pueden transformarse, y en qué grado, en problemas de código y ser traspuestas a ese nivel.[84] Entonces, existen umbrales críticos en la interacción que generan una metacomunicación sobre el poder o incluso una formulación del asunto del poder. Una gran cantidad de estrategias secundarias está relacionada con esto, tales como el hecho de evitar la posibilidad de que se adviertan infracciones (o incluso solamente la posibilidad de que esto sea posible)[85] y evitar conflictos al guardar silencio sobre ellos o el hacerlos inofensivos;[86] el evitar la formación de precedentes obligatorios de los casos en que se retira el portador de poder; el preservar las formas de respeto si ocurre la insubordinación en un asunto dado, etc. Las condiciones para la multiplicidad de los niveles simbólicos, sobre todo la separación de cargo y persona, presuponen la existencia de la organización, que implica que los resultados y las estrategias resultantes pueden estudiarse mejor en un marco organizativo.

3. Si se acepta el hecho de que puede lograrse una distinción entre el código de los medios y el contenido temático

---

ner bajo observación al gobernante. Véase, por ejemplo, Han Fei Tzu (1964) y también Bünger (1946).

84. Sobre esto, véanse pp. 82 ss.

85. Como un ejemplo entre muchos: Bensamy Gerver (1963).

86. Esto podría relacionarse con lo que descubrió Evan (1965), es decir, que en las categorías más altas se pueden observar conflictos más claros.

de la comunicación,[87] se llega a la pregunta de si el código *puede dirigir, y de qué manera, el cambio del contenido temático*. La diferenciación entre los dos niveles de sentido sólo se justifica si el código no establece concretamente lo que debe ordenarse. El código, al igual que el lenguaje, también permanece abstracto, en el sentido de que no establece una secuencia según la cual va a ocurrir la comunicación sobre los temas. Por otro lado, no puede ser completamente indiferente a los límites puestos alrededor de los temas posibles. Define las condiciones para los temas posibles que pueden tratarse bajo este código particular. La pregunta es en qué medida estas «condiciones de posibilidad» asumen, al mismo tiempo, una función reguladora, dando una dirección aproximada al proceso de comunicación.

En el caso del código de la verdad, en este punto tendríamos que tratar la pregunta difícil de si el cambio en la teoría es orientado a la verdad si, por ejemplo, el código de la verdad contiene criterio según los cuales las teorías antiguas pueden cambiarse por nuevas, o las peores por mejores. En el caso del poder, la referencia a la acción del medio permite que el problema se describa en forma más profunda con la ayuda de la organización. Cuando existe una organización preexistente, distinción entre cargo y persona, la que ya hemos tratado puede incluirse directamente en el código del poder. Al menos, existe la posibilidad de intercambio de premisas de toma de decisiones de tipo personal, orientadas hacia una tarea u organizativas, debido a una orientación hacia estructuras inalteradas.[88] En cuanto falla el mecanismo para definir las posiciones organizacionales, esta forma de codificar el cambio en el contenido temático también se pone en duda. Esto se aplica especialmente a las posiciones

---

87. De este modo, el poder ya no existe más en las órdenes, tan poco como el amor en los actos de amor, la verdad en las palabras u oraciones y el dinero en las monedas.

88. Compárese Luhmann (1971*a*, pp. 188 ss., pp. 207 ss.); Grunow (1972, especialmente pp. 18 ss.).

altas del sistema político. Sin embargo, incluso aquí existen ejemplos de soluciones bien institucionalizadas para nuestro problema, ejemplos que muestran que el poder sólo se puede lograr si, al mismo tiempo, el portador de poder acepta condiciones que involucren un cambio en los temas políticos, o incluso de su propia persona.

4. Nuestra siguiente preocupación es la formación de *cadenas de acción*. Con esto queremos decir un ordenamiento de los procesos del poder, lo que une a más de dos personas, de manera que A tiene poder sobre B, B poder sobre C y C poder sobre D, etc. hasta que la cadena termina en una persona que, por su parte, no tiene a nadie bajo ella. Uno encuentra rasgos correspondientes en otros medios, por ejemplo, cadenas de intercambio por la vía del dinero,[89] cadenas de verdades y falsedades establecidas como una base para la investigación posterior en las ciencias,[90] o incluso cadenas de pasos hacia la selectividad aumentada en las relaciones amorosas, donde los pasos se devuelven por la limitación estructural de dos personas. El poder sirve como un catalizador para la construcción de cadenas de acción. Si el poder puede darse por sentado en varios puntos, surge, por decirlo así, una tentación de formar combinaciones de cadenas, en las que la selección de una acción conduce a la de otras, o las anticipa como consecuencia del término de la primera selección. Más frecuentemente que en el caso con la coincidencia casual de intereses, se da como resultado la formación de cadenas extensivas de acción que demuestran ser valiosas debido a las ganancias que produce la combinación.

El hecho de subir el nivel de logro de este modo requiere que el medio se torne específico. No es algo que se pueda buscar en algún tipo de combinación, que podría tomar

---

89. Blain (1971) usa este ejemplo para tratar de desarrollar una alternativa para el modelo de Parsons de los medios de comunicación como intercambio.

90. Sobre esto Bachelard (1938).

cualquier dirección, ya que en el análisis final toda persona tiene influencia sobre otra. Incluso una relación puramente causal entre las fuentes del poder no puede ser suficiente. Sólo queremos hablar en cadenas cuando, y en cuanto que A no sólo puede disponer de las acciones de B, sino también, específicamente, su ejercicio del poder; es decir, cuando A tiene a su disposición el poder de B sobre C. Por lo tanto, una cadena no existe si el rey puede dar órdenes al general, si este último puede dar órdenes a su esposa y ella, también, a sus sirvientes, quienes, debido a su posición, pueden tiranizar a sus vecinos. Pero una cadena sólo existe si, y en cuanto que, el portador de poder puede intervenir en la cadena.

En consecuencia, la característica definidora de la formación de cadenas es la *reflexividad* del proceso del poder; es decir, la posibilidad de usarlo sobre sí mismo. La comparación con otros procesos reflexivos[91] muestra que, por un lado, la estructura de este proceso se construye sobre la base de una serie de supuestos y, por otro lado, es capaz de producir una amplia gama de efectos. Supone una definición funcional suficientemente generalizada de la identidad del proceso, que se usa sobre sí misma, porque de otro modo, ¿qué significa *sí misma*? De este modo, uno sólo encuentra mecanismos reflexivos en los sistemas que tienen límites suficientemente claros y que pueden especificar funcionalmente sus procesos. Por ejemplo, si el poder político se torna reflexivo, se requiere de un grado correspondiente de diferenciación en las estructuras jerárquicas con una cantidad suficiente de separación de roles.[92] Si la reflexividad también se extiende al portador de poder más antiguo, haciéndolo parte de una cadena de poder y, de este modo, exponiéndolo a ser superado, el sistema político tiene que diferenciarse más fuertemente y el poder político tiene que especificarse más cla-

---

91. Véase Luhmann, «Mecanismos reflexivos», en Luhmann (1970, pp. 92-112).
92. Smith (1960) se interesa en un caso extremo de esto.

ramente.[93] Por lo tanto, como una precondición del aumento, del alcance y de la capacidad de intervención, la formación de cadenas demanda y también crea barreras contra un uso del poder que es extraño a la función y al sistema. Sin embargo, no obstruye la creación del poder recíproco que retrocede a lo largo de la cadena, el poder del súbdito sobre su ministro, el del ministro sobre su grupo parlamentario.[94] Una característica estructural probable del poder extendido en forma de cadena, es crear poder que fluye en forma contraria, ya que el poder del sistema excede la capacidad de selección potencial de un sólo portador de poder y la capacidad de los eslabones medios para intervenir les sirve como una fuente de poder personal. De este modo, los códigos del poder se dividen en *formales* e *informales*, y la mayor aglomeración de poderes formales e informales se encontrará en puntos claves bajo la cima misma.

La formación de cadenas tiene la función de hacer asequible más poder del que puede ejercer un poseedor de poder; de hacer asequible todo el poder, en el caso límite de las elecciones políticas, a aquellos que de ningún modo pueden ejercerlo. De este modo, la formación de cadenas hace posible que hayan aumentos de poder que sobrepasen la capacidad de selección del portador de poder individual. La artificialidad de este aumento de poder se refleja en las demandas que impone en el código de poder; por ejemplo, no puede realizarse sin una esquematización binaria (véase capítulo VI), sin una diferenciación entre el código del poder y los temas del poder y sin una diferenciación entre el cargo y la persona. Al mismo tiempo, los riesgos de romper la cadena y de obstruirla crecen por me-

---

93. Esto surge claramente en un punto que es crítico en este contexto; en las medidas de las elecciones políticas que, es verdad, pueden asegurar un cambio en los portadores de poder más importantes, pero *sólo por esa razón, se basa en una estructura diferenciada de roles, de manera que el volante político difícilmente está en posición de convertir sus intereses, relativos a otros roles, en poder político.*

94. Existen contribuciones a esto que vale la pena leer en Smith (1960, pp. 27 ss.), sobre los problemas del poder recíproco en la teoría del poder compárese Wrong (1968, pp. 673 ss.).

dio del contrapoder formado recíprocamente, y de esto también surgen demandas en el código, especialmente con respecto de la división entre el poder formal y el informal.

5. La diferenciación entre el poder formal y el informal es un hecho indiscutible de importancia considerable, pero en la formulación actual no es muy productivo desde el punto de vista teórico. Una comparación con otros medios de comunicación sugiere que este problema tiene una importancia más general. Llamaremos a esto el concepto de *subcódigo*.

Estos subcódigos se forman si, con una complejidad cada vez mayor en la sociedad, los medios de comunicación tienen que satisfacer una demanda cada vez mayor para la transmisión de las selecciones. Entonces, junto a los códigos de comunicación existentes, que tienen que abstraerse y especificarse, surgen los subcódigos que se forman en oposición a ellos y que, al tener propiedades *opuestas*, pueden realizar virtualmente la *misma función*. Por ejemplo, en el sistema científico, los procesos de comunicación y los procesamientos de la información no sólo descansan en los criterios de la verdad reconocidos oficialmente, sino también, y en forma muy considerable, en la reputación.[95] Las relaciones íntimas no sólo se orientan al código del amor, sino que también forman una historia concreta de historias personales entrelazadas, las que, en mayor o menor grado, pueden ser sustituidas por el código. El dinero es tan complejo en sí mismo que normalmente no se necesita subdinero, pero sí aparece en épocas de crisis, especialmente en la inflación, por ejemplo, en la forma de cambio a monedas extranjeras, oro, cigarrillos, propiedades y tierra, el que, para bien o para mal, asume parte de la función del código del dinero. La relación entre el poder formal y el informal sólo es otra muestra de esta situación general.

---

95. Véase también Luhmann, «Selbststeuerung der Wissenschaft», en Luhmann (1970, pp. 232-252).

Los subcódigos siempre tienen tres características que se relacionan unas con otras, a saber: 1) una concreción y dependencia mayor de las circunstancias; 2) una capacidad menor para la legitimación social y, por esto, también menor presentabilidad; y, por lo tanto 3), para su funcionamiento dentro del sistema en circunstancias especiales, una dependencia de la sensibilidad, un conocimiento del medio ambiente, un conocimiento de la historia, de la confianza y de la desconfianza que no se puede compartir con el mundo exterior.[96] Todo esto también se aplica al poder informal, la aparición del cual depende de las condiciones organizacionales del trabajo y la cooperación. El poder informal puede y siempre debe llevar consigo *una parte* de las *cofunciones*; sobre esta base, puede asumir *más* funciones en circunstancias excepcionales, hasta un punto final en que el poder formal sólo sirve como una fachada que justifica las decisiones del mundo exterior. Por lo tanto, la separación y el uso simultáneo del código principal y del subcódigo supone una diferenciación suficiente en el sistema y una separación del uso interno y externo de los medios.

6. Los medios de comunicación exitosos sólo pueden lograr la forma y la capacidad de selección de un código, si establecen un *esquematismo binario* que preorganice las operaciones posibles al asignarles cualquiera de *dos* valores. Esta evaluación dicotómica es una precondición para la formación de los códigos simbólicamente generalizados, porque sólo en esta forma se pueden combinar el universalismo y la especificación; en otras palabras, sólo entonces *cada* ítem diferente puede tener *otro* ítem relevante inequívocamente atribuido a él. Por ejemplo, si la verdad va a ser algo

---

96. Vale la pena hacer notar que en el caso de la verdad/reputación, la importancia para las relaciones externas parece estar invertida: mientras que en el medioambiente social del sistema científico la reputación se explica como una autoridad científica, lo mismo no ocurre para las normas teóricas reales y criterios metodológicos para descubrir la verdad.

más que una construcción compartida de la realidad, tiene que estructurarse por medio de una lógica de dos valores. La posibilidad de la ciencia depende de esto, la ciencia en el sentido de una cadena (en principio infinita) de operaciones progresivas, con la selectividad involucrada en cada conexión. En el código del amor, la demanda por exclusividad y su institucionalización en el matrimonio tienen la misma función.[97] En el caso del código del dinero, la propiedad (incluyendo a la libertad entendida como el derecho, en términos económicos, para disponer del propio poder laboral) desarrolla la función de una separación terminante entre la propiedad y la no propiedad, como una suposición para guiar las expectativas en los cálculos y transacciones económicas.[98] La propiedad sólo puede institucionalizarse con la ayuda del esquematismo binario del derecho/no derecho. En el caso del poder, existe la misma dependencia del sistema legal. *Por su misma naturaleza*, el poder es difuso y distribuido en forma desigual. Sólo puede darse en una situación clara de esto o lo otro, con la ayuda de la diferenciación entre el poder que se somete a la ley y el poder que la viola.

En contra de las apariencias, los esquematismos binarios no sólo sirven para separar, sino también para unir opuestos. Facilitan el cambio desde una definición de la situación a su contraria requiriendo nada más que una negación, la admisión de la cual puede ser regulada en el sistema —una técnica de integración paradójica. Por ejemplo, existe una

---

97. Esta comparación no puede elaborarse aquí, pero debería evitarse una posible equivocación. El esquematismo binario de la relación del amor no consiste en la dualidad de las dos personas, si no en el hecho de que el mundo público se duplica por medio del mundo privado en el que una vez más se deben evaluar todos los sucesos con respecto a lo que significan para la experiencia de una de las dos personas. La exactitud con que se une una evaluación paralela lo hace mucho más posible, por el hecho de que sólo se hace con respecto a una persona a la vez (siendo éstas dos en total). De este modo, la dualidad de las dos personas establecida en el código amor/matrimonio, sólo es una regla para la duplicación, no la dualidad misma. Entonces, la duplicación sólo puede obtenerse de acuerdo con esa instrucción simbólica. Es decir: puede fallar.

98. Véase también Luhmann (1974*a*, pp. 60 ss.).

conexión más estrecha entre la verdad y la falsedad que entre la verdad y el amor. Sobre todo, este principio de integración binaria puede abstraerse, hacerse específico y universal, mientras que las conexiones entre los códigos de medios diferentes (verdad/amor, poder/dinero) tendrían que regularse en una forma mucho más concreta y en términos mucho más específicos para cada situación, porque se puede afirmar que ni la exclusión ni la interconexión tienen validez general.

Los paradigmas duales sirven como componentes de un código de medios para diferenciar partes del sistema social. Facilitan y condicionan las negaciones con un esquematismo específico y, con esto, hacen posible la operación de funciones que son universales sociales, en modos que son específicos para el sistema.[99] Sin embargo, al mismo tiempo, como algunos otros elementos del código, estos esquematismos tienen y mantienen algo artificial y problemático; tal deben formularse desde la parte superior (ignorando la pregunta de cómo se separan después —y entre quiénes— la propiedad/no propiedad, lo correcto/lo incorrecto, el amor/el odio, la verdad/la falsedad).[100] Por otro lado, tienen funciones que no pueden abandonar, de manera que una mera protesta contra los paradigmas duales —por ejemplo, en el amor o en relación con la propiedad— debe permanecer en forma ideológica, a menos que se desarrollen equivalentes para el medio mismo o para la función de esquematización binaria. El problema está en la integridad presunta del esquema, en la pretensión de construir todo lo posible por medio de una dicotomía.[101] El grado de institucionalización de

---

99. En relación con esto, véase el texto de las pp. 66 ss.

100. Compárese Kelly (1958); Weinrich (1967).

101. Este es un problema antiguo del constructo de la realidad en las sociedades arcaicas; en las sociedades posteriores se delega, por decirlo así, a los medios individuales durante la diferenciación continua y, de este modo, obtiene una formulación más racional y más fácilmente especificable, aunque mucho más improbable. Sobre las formas más antiguas véase, por ejemplo, Massart (1957); Yalman (1962); Leach (1964). Una versión más reciente del mismo problema se encuentra en el teorema de Arrow, el que trata de las condiciones sumamente restrictivas

un medio de comunicación puede reconocerse por, entre otras cosas, por el grado en que la imputación de su esquematismo binario se reconoce independientemente de la distribución concreta de la oportunidad. Si y en cuanto que éste es el caso, los desarrollos ocurren dentro y con la ayuda del esquema binario, tal como la transformación de la verdad en falsedad, de aquello declarado legal en aquello declarado ilegal.

Todo esto puede formularse independientemente de los rasgos particulares del código del poder. La teoría de los medios alivia a la teoría del poder de los problemas que no son específicos a ella. Hasta este punto, la distinción de Sorel entre la fuerza y la violencia[102] como el ejercicio del poder por parte de o contra el portador de poder legal no es un problema que le incumba exclusivamente al poder. Sin embargo, al mismo tiempo, la comparación sí que aclara las características particulares del código del poder. El hecho de implantar la organización esquemática al poder legal y al ilegal, significa que se necesita una forma normativa, ya que en este medio nos preocupamos de ambas partes y de la acción que se les atribuye, y se apoya en expectativas contrafactuales y comprende la realidad del poder en forma insegura e inexacta. Incluso el poder ilegal *es poder*, y en un sentido diferente a aquel en que la falsedad es verdad. El poder real es el que siempre tiene que ser tomado en cuenta por el portador legal de poder, y no simplemente como una posibilidad que uno espera con curiosidad, mientras se aferra y se prepara para las posibilidades de ser negado.

Al mismo tiempo, esto significa que la relación entre el poder y el derecho está formulada con mayor inseguridad que la relación entre la verdad y la lógica. Las distribuciones del poder pueden tender a poner en peligro el orden legal y, debido a que está relacionada con la acción, esta tendencia insta hacia

---

bajo las cuales un gran número de aspectos complejos pueden expresarse en una decisión sí/no. Compárese Arrow (1963).

102. Compárese Sorel (1936).

la resolución, hacia una asimilación, un equilibrio entre la situación de poder *de jure* con la *de facto*. Por otro lado, casi nunca ocurre un cambio de teorías con base en una discrepancia entre la verdad y la lógica.[103] En el contexto del conocimiento, incluso se pueden sostener verdades (como la verdad, que se remonta a Aristóteles, de la inaplicabilidad del valor de la verdad para contingencias futuras) que contradicen al esquematismo binario de la lógica, sin que estas ideas enreden la función operativa de la lógica de dos valores.

La diferenciación entre los diferentes medios y las diferentes esquematizaciones binarias conduce a interdependencias complejas, ya que los paradigmas duales no permitirán que se les junte. La acción de aumentar un medio tiene un efecto difuso sobre los otros. A veces existen conexiones estructuralmente significativas. De este modo, la paz constitucional garantizada por el poder hace posible aumentar las posibilidades de tener o *no tener* una propiedad. Y, como incluso se dio cuenta Locke, la propiedad por su parte, es una precondición de la justicia o de la *injusticia*. Así, en esta relación entre el medio del poder y el del dinero, la operación de un medio aumenta la *disyunción del otro*. La tensión compleja resultante de esto —y no, por ejemplo, la suposición ingenua de que los dueños de propiedad tienen poder— es la que caracteriza a la «economía política» de la sociedad civil. Y, para volver al asunto del poder, esto resulta en ciertas demandas sobre el código y sobre el grado de poder necesario, que hoy en día tiende a conducir a que los asuntos económicos vuelvan a tener carácter político y, con esto, ocurra una desdiferenciación de la sociedad en este aspecto.

Una contribución final para el problema de la esquematización binaria concierne al grado de su realización. Es probable que todos los paradigmas duales tengan sus propias reglas de evasión. Sería algo fascinante, pero aquí impracticable, examinar este asunto en el contexto de la verdad (lógi-

---

103. Compárese Kuhn (1967).

ca), del amor (matrimonio) y del dinero (propiedad). En el contexto del poder (ley), en este punto debiera entrar en consideración el fenómeno de la emergencia de contrapoderes recíprocos en las cadenas de poder, a través de la diferenciación entre el poder formal y el informal. El esquematismo binario legal/ilegal sólo es aplicable al poder formal, el que, de hecho, se encuentra definido por éste. Pero, como sabemos, el poder informal bien puede convertirse en el poder más grande, sin estar sujeto a esta esquematización. La ley —como definición apropiada o inapropiada de la situación— se pone en juego o se deja a un lado en las interacciones internas del sistema. Entonces, el esquematismo del poder legal/ilegal es dirigido por una segunda esquematización interna del sistema hacia el poder formal/informal, que sólo puede ser usado por los iniciados. Esta complicación da por sentada una diferenciación operativa entre el sistema y el entorno que los propios participantes pueden reconocer.

7. Las reglas de evasión sólo se necesitan cuando, y en cuanto que, un código con esquematización binaria pretende tener *relevancia universal*. Con este atributo, que hemos mencionado brevemente, nos encontramos ante la dificultad de una función característica más de los códigos de medios diferenciados. Usaremos el término universalismo de acuerdo con el uso de Parsons, si se entiende que las referencias de sentido sólo se realizan de acuerdo con criterios generales e independientes de las características del participante particular en cualquier situación.[104] En consecuencia, cuando se realiza la función de la transmisión, entonces se desarrolla un código universalista para el poder, independientemente de sus características respectivas y de acuerdo con condiciones generalmente averiguables, aunque sea con la presencia de portadores de poder y de personas sujetas al poder.

Por ejemplo, en comparación con los casos del dinero o

---

104. Compárese Parsons *et al.* (1953, pp. 45 ss.); Parsons (1969). Compárese también Blau (1962).

de la verdad, esta condición es particular y especialmente difícil de realizar en el caso del poder, donde, por supuesto, las selecciones se atribuyen a los participantes como decisiones. Sin embargo, incluso el poder no puede institucionalizarse en las sociedades complejas sin un código universalista. Los símbolos aplicables universalmente, que pueden aplicarse a cualquier situación en particular, son precondiciones para la aparición de expectativas concernientes a situaciones aún desconocidas o aún no constituidas y para la elaboración de temas relacionados con la acción. Sin una primera orientación universalista es imposible formar cadenas, tener una actitud suficientemente amplia hacia un futuro abierto y tener una mobilidad social alta con participantes que estén cambiando constantemente.

La consecuencia de esto es que existen demandas en los símbolos del código del poder. Por ejemplo, la posibilidad de ser citados por cualquier personada cada vez que surja una situación en que se deba tomar en consideración al poder. La parte caprichosa del uso del poder no la excluyen de la situación o decisión particular, sino que más bien la usan como una estrategia significativa que puede operar a lo largo de la cadena y que cuenta con que se le quite la presión por medio de las expectativas. Por ejemplo, en estas circunstancias, el poder se puede simbolizar mejor como *decisión* que como *voluntad*. La especificación funcional y la programación condicional —conexiones que pueden unirse por medio de formulaciones *en cuanto que* y *donde quiera que* son particularmente adecuadas para articular una petición de poder universalista. Al mismo tiempo, clarifican que el poder que debe tomarse en consideración para las situaciones desconocidas y que debe garantizarse por adelantado, de ningún modo es poder absoluto o ilimitado. La estabilización legal del poder es una base —pero no la única— para la especificación universalista.[105] Más adelante volveremos a la

---

105. Esto es así porque en la ley se desarrollaron muy tempranamente las orientaciones demasiado universalistas, con el objeto de garantizar que los conflic-

importancia que consigue en este contexto la concentración y monopolización de la fuerza física.

Estas funciones brevemente reseñadas sugieren un vínculo normativo, legal y moral entre el portador de poder y su poder, que como tal, tiene consecuencias estructurales. (Esto puede observarse desde los primeros días en que la cultura se desarrolla particularmente en el Cercano Oriente y después en Europa.) Va a usar su poder para hacer el bien, para proteger el derecho y para proteger a los pobres. Entonces, el aspecto contrario de esto, es que se deban sacrificar el oportunismo y el hecho de adaptarse a la situación. Los apremios para ser consistente se construyen en la cadena de la propia conducta del portador de poder. El mito de la legitimación aumenta las consecuencia del ejercicio del poder. Desde un punto de vista normativo, si uno ha empezado un proyecto, es muy difícil abandonarlo. Cada compromiso reduce la libertad del portador de poder, quien tiene que contar con sus consecuencias inevitables. Si para él, el hecho de pronunciar una apelación tiene la fuerza de la ley, debe tener cuidado de no favorecer a nadie. Dadas estas condiciones en un principio, es estructuralmente probable que, a pesar de todo el cuidado y buena voluntad táctica para evitar las consecuencias, las dimensiones normativas y morales del poder y la frecuencia de su ejercicio real aumentarán recíprocamente. En estas condiciones, la política gana primacía funcional en el sistema societal.

Finalmente, los problemas que resultan si los códigos de medios combinan las funciones del esquematismo binario que contiene preferencias incorporadas (para las verdades, la legalidad, el amor, la propiedad) con una pretensión de validez universalista, son de una importancia y relevancia particular. Esta combinación en sí tiene consecuencias para el código, porque si se le impone un paradigma dual, la al-

---

tos sobre la ley pudieran resolverse de acuerdo con criterios previamente establecidos sin depender de la característica concreta y de las definiciones de situación de los participantes.

ternativa inapropiada dentro del paradigma no puede hacerse valer *al mismo tiempo*. Entonces, este código debe garantizar *para todos* la *posibilidad* de experimentar, o de actuar según la alternativa del código que prefiera. Para todos debe ser posible experimentar la verdad, ejercer el poder legítimo o que lo ejerzan sobre él, adquirir una propiedad y amar o ser amado. Al menos, esta posibilidad está garantizada al excluir su imposibilidad. Sólo por estas razones, el principio de la consistencia interna pertenece al código de la verdad tanto como al código del poder. Además, esto excluye ciertos rasgos del contenido de los símbolos del código, tal como la definición de la verdad como un secreto de Dios, o de la ley como un conjunto de fórmulas secretas para ser usadas por los demandantes. Entonces, la propiedad debe ser tanto comunal como asequible para todos. Finalmente, este uso de los códigos de medios puede legitimizar los deseos o las demandas que, de modo más concreto, interfieren con la disponibilidad de alternativas que se prefieren, por ejemplo, a través de programas de reformas políticas para simplificar y publicitar la ley, la división de la propiedad, la abolición del desempleo, etc.

8. Si ocurre que el código del poder se une con el esquematismo binario de la legalidad/ilegalidad, y esta unión se hace relevante universalmente, hay consecuencias amplias para el grado en que se mecaniza el poder, es decir, en que se vuelve capaz de ser puesto en uso con poca o ninguna referencia a las circunstancias. En las situaciones en que ninguno de los participantes, en virtud de sus propias fuentes de poder, tiene definitivamente poder sobre los otros, incluso ahí es posible referirse a un diferencial del poder determinado, que contribuye a la ventaja del portador de poder que no está involucrado en la situación, y que se transmite por medio de la ley. En esa situación, la persona que tiene la razón, tiene el poder para movilizar el poder. No tiene que confiar en la *ayuda* de aquellos que están a su alrededor —que, como sabemos, no es un mecanismo muy

fiable en las sociedades altamente diferenciadas—[106] pero tiene a su disposición una línea directa hacia el portador de poder, que puede activar de acuerdo con reglas establecidas previamente. Esto presupone la existencia de la *estricta adherencia a la ley* en el código, afirmando que el derecho es una razón necesaria e —igualmente importante— una razón suficiente para ejercer el poder estatal. Al usar esta suposición que, por supuesto, sólo describe un logro de funcionamiento altamente improbable y siempre imperfecto, las fuentes de poder de una naturaleza localizada puede en cierto modo, sacarse de la sociedad y concentrarse en una parte del sistema. El sistema político de la sociedad asume la acción, la administración y el control del poder para la sociedad.

Sin embargo, la ley no sólo garantiza una participación en el poder social par aquellos que no tienen poder, también pone orden en la cooperación de diferentes fuentes de poder, sobre todo en la cooperación del poder económico, político y militar.[107] Con la ayuda de la dicotomía legal/ilegal, es posible condicionar aquellas comunicaciones que unen a varios portadores de poder en cadenas, en las que uno puede reclamar el poder del otro. Si aceptamos la idea de Stinchcombe,[108] que dice que estas posibilidades de recurso condicionado a las reservas de poder de otros demuestra que un

---

106. Para un estudio de investigación y para más referencias ver Macaulay y Berkowitz (1970).

107. El poder del *educador* (en la familia y en la escuela) parece no caer dentro de estas consideraciones, porque es difícil legislar para él. La misión de la educación también se dificulta (como siempre, condicionada legalmente) con respecto a las fuentes de poder externas. Sin importar cuánto se base en el poder de la sanción, no puede ser fortalecida por él. Y es igualmente difícil domesticar el poder del educador a través de las leyes y someterlo a controles legales o políticos. Un estudio notable de este problema se encuentra en Rubington (1965).

108. Véase Stinchcombe (1968, pp. 150 s., pp. 158 ss.). Una idea similar se encuentra en Popitz (1968), en la noción de que la «legitimidad básica» tiene su punto de partida en el «reconocimiento mutuo de los privilegiados». A propósito, una comparación entre estos dos análisis hechos por Popitz y Stinchcombe nos hace conscientes de que el mismo fenómeno en el campo de los sistemas de interacción, con el que está tratando Popitz, es mucho más problemático de lo que lo es en el campo de los sistemas societales funcionalmente diferenciados, donde integra condicionalmente tipos muy diferentes de fuentes de poder.

poder es legítimo, entonces podemos ver que la ley como código de poder, crea legitimidad *estructuralmente* (sin estar ligada a valores particulares o incluso a la convicción de la persona sujeta al poder). Entonces, la legitimidad no es nada más que el enlace de contingencias en el ámbito del poder.[109]

En esta etapa aún no nos interesa la consecuencia de este logro para la sociedad más extensa, pero sí ciertas demandas en el código del poder que surgen en conexión con esto. Para esto, debemos volver a nuestro análisis de cómo se constituye el poder. Como hemos visto, el poder depende de una combinación de alternativas que pueden describirse con algún detalle, tanto como del hecho de que el portador de poder forma enlaces *condicionales* entre las combinaciones de alternativas por medio de tomas de decisiones *contingentes*. Dada esta situación inicial, para el funcionamiento del medio de comunicación es importante suponer que la persona sujeta al poder está dispuesta a creer que esto es posible y que se encuentra preparada. En otras palabras, la contingencia del poder debe considerar una práctica que puede ser predicha en forma fiable y que debe ser pronosticable, sin perder con esto su contingencia característica. El código del poder tiene que formular conjuntamente la motivación y la *credibilidad* de la motivación del portador de poder.[110]

Esto origina un problema especial, porque la disposición para comprometer efectivamente las fuentes propias de poder, por ejemplo, al ejercer la fuerza física, también constituye una alternativa de evitación para el portador de poder. Parte de la comunicación del poder es la información de que el poseedor de poder preferiría no llevar al cabo su alternativa de evitación, pero que está preparado para hacerlo. La intención negada debe hacerse creíble. La investigación en la psicología social en la teoría de los juegos, en la técnica de

---

109. Volvemos a estos asuntos nuevamente en las pp. 96 ss.
110. Compárese pp. 30-31.

aplicar la ley de probabilidad a cualquier propósito y en la teoría de la disuasión, especialmente en las relaciones internacionales, ha estado preocupada por el problema de la credibilidad del portador de poder, que se ha considerado como una precondición significativa para el poder.[111] Si no hay credibilidad, o hay información insuficiente sobre esto, sobreviene una prueba peligrosa de poder, un intento de disposición que a menudo causa desarrollos irreversibles hacia la realización de las alternativas de evitación.

En las condiciones de los sistemas relativamente simples, el código del poder puede simbolizar credibilidad simplemente a través de la fuerza, al vez apoyado por demostraciones ocasionales de fuerza. En los sistemas altamente complejos y diferenciados, ya no sirve este medio de describir simbólicamente la fuerza no diferenciada.

La credibilidad tiene que asegurarse de un modo diferente. En su lugar llega la esquematización legal y la mecanización del poder. Una vez más, el enlace condicional de las alternativas está programado condicionalmente por la ley misma. Su contingencia se regula y, con esto, se hace calculable. Al menos, el código del poder asume la función de indicar que éste es el caso. Esto no resuelve el problema de la credibilidad de la voluntad y la fuerza, se vuelve obsoleto, y otro problema toma su lugar, esto es el problema de la información en el aparato de poder programado. Ahora la persona sujeta al poder ya no especulará sobre el hecho de que el portador de poder no esté preparado para usar su provisión de poder, sino que especulará sobre el hecho de que el portador de poder no esté informado de las razones para esta acción.[112] Esto pone en acción otras *reglas de eva-*

---

111. Compárese el estudio de investigación en Tedeschi (1970).

112. Mientras esto se estaba escribiendo, de acuerdo con los informes del *Frankfurter Allgemeine Zeitung* (del 12 de agosto de 1972), los políticos de todos los partidos se habían distanciado de una investigación legal de los asuntos editoriales de una revista hecha por el Fiscal; incluso el Canciller Federal dudó públicamente de la acción del Fiscal. Esto desacredita a la ley como una causa suficiente para el ejercicio del poder. Y surge la pregunta de ¿en qué otro código el señor

sión que no tienen la tendencia de desencadenar una lucha de poder sin límites y que, de este modo, son más compatibles con la paz.

9. *Los problemas de la consistencia* surgen como resultado de la generalización simbólica del código del poder (p. e. porque los esquematismos binarios facilitan la negación y, con esto, un manejo en masa de las circunstancias factuales). Así el poder sólo puede aumentarse si se garantiza que no será desacreditado constantemente. Ésta ni siquiera es una condición para la formación de expectativas sobre la conducta. Incluso, en relación con las selecciones del portador de poder, una línea consistente respecto a la materia debe hacer reconocible la coherencia de sus negaciones. Además, en el nivel del código simbólico, la consistencia del poder como tal se torna un problema y necesita de un control simbólico a través del código mismo.

Esto es especialmente relevante en dos aspectos: en la división del poder unificado entre una multiplicidad de portadores de poder, en otras palabras, en las formaciones de cadenas, y en la fluctuación de las relaciones de poder como resultado de un cambio en la situación de la formación de poder y en las estructuras de preferencia. El código del poder sólo puede ofrecer soluciones algo precarias para ambos problemas en la forma de reducciones en términos más racionales. El código responde al primer problema al aceptar un ordenamiento *jerárquicamente transitivo* de las relaciones del poder. Por cierto, esto permite que muchos portadores de poder descubran quién tiene más poder. La jerarquía ahorra la medición del poder y, especialmente, lucha por clarificar las relaciones poco claras.[113] Un código del poder

---

Brandt desearía basar su credibilidad como portador de poder?, ¿en el reconocimiento de sus buenas intenciones o en el hecho de la fuerza superior? Ambas respuestas serían regresivas; apuntarían a una situación social y política que recién habría sido vencida al codificar el poder político en el Estado constitucional.

113. Compárese Rammstedt (1973) sobre el desarrollo de las jerarquías a partir de las relaciones de fuerza.

puede responder al segundo problema de la fluctuación de la relación del poder con la premisa de *cantidades totales constantes*. Esto supone que existe una cantidad determinada de poder, de manera que cada alteración involucra una redistribución. El poder que acumula una persona debe provenir de alguna otra persona. En los casos de líneas de conflicto fácilmente reconocibles, especialmente en las formaciones de partidos, estas premisas permiten un examen rápido de las consecuencias de las alteraciones del poder. Puede formalizarse en la forma de arreglar votaciones, lo que expresa al poder en términos de votos.

Los principios de la jerarquía y de las cantidades totales constantes son significativos en condiciones opuestas: en cuanto surgen conflictos sobre un cambio de poder, el principio de jerarquía se rompe, ya que da por sentado que los conflictos pueden resolverse sobre la base de la distribución del poder existente; por otro lado, el principio de la consistencia total sólo supone su valor como un marco teórico para la orientación, como consecuencia de los conflictos sobre la distribución del poder. Lógicamente, los dos principios no son recíprocamente exclusivos. Si se usan juntos, se hace necesario una delimitación organizacional para tratar el asunto de si se han de tomar en cuenta, y en qué combinaciones de interacción, los conflictos sobre los cambios del poder.

Sin embargo, enfaticemos que tanto el principio de la jerarquía como el principio de la consistencia total son partes posibles de un *código* del poder, no premisas para una *teoría* del poder.[114] Más bien, la teoría del poder debe estar en posición de investigar el funcionamiento, las condiciones para el uso y, especialmente, el carácter precario y más o

---

114. Compárese Luhmann (1969*b*, pp. 160 ss.) para una crítica de las premisas teóricas correspondientes. Mientras que la crítica a la jerarquía es común, Parsons en particular prestó atención al problema de las premisas de cantidad total constante, véase (1963*a*, pp. 250 ss.) y (1963*b*, pp. 59 ss.). Compárese también Lammers (1967) y, con respecto a los procesos de intercambio y explotación entre el centro y la periferia, véase Jessop (1969).

menos ficticio de estos elementos del código. Debe mostrarse libre de las premisas en cuestión, con el objeto de poder usarlas como abstracciones desde su realidad objetiva.[115]

10. Se está haciendo evidente que una teoría del poder no puede estar ligada a las reglas normativas del código del poder si uno pregunta sobre los elementos que hacen más fácil el cálculo, además de las reducciones discutidas hasta ahora (formación de símbolos, esquematismo binario, principios de jerarquía y de cantidades totales constantes). Un medio de comunicación no puede estirar demasiado la capacidad para el procesamiento de la información de los participantes. Eso también tiene importancia para todos los medios de comunicación y también es una variable, el desarrollo de la cual cambia de acuerdo con el tipo de medio y de acuerdo con la complejidad de la situación social en la que está funcionando.

En todos los medios, algunos de los problemas del procesamiento de la información se sacan del proceso de la comunicación verbal y se dejan a la percepción. No sólo el amor, sino también el poder, se hace visible. Todo ayuda en esto: los emblemas de la jerarquía y de otros actos de fuerza propuestos simbólicamente, no en menor lugar la apariencia personal, la presencia del portador de poder superior.

En términos del contenido, los problemas de la información están conectados estrechamente con dos asuntos más: con la forma de la motivación y con la atribución de la selección. Existen códigos tales como el amor y el dinero, que resuelven el problema de la motivación, en parte al seleccio-

---

115. En oposición a las opiniones de Habermas y otros, yo persistiría en el programa de independizar a la teoría de los medios, con respecto de los códigos normativos de los medios, incluso en el caso del medio de comunicación de la verdad. Aquí, esto toma la forma especial de remitir a la teoría de los medios, para la que, como hemos visto, incluso la lógica y la libertad de contradicción principalmente son atributos del código de la verdad, tendrá que probar su propio conocimiento y su propia habilidad para que sea verdadera. Compárese Habermas y Luhmann (1971, pp. 221 ss., pp. 342 ss.).

nar personas ya motivadas, con demandas correspondientemente altas de información en la selección de personas. Lo mismo se aplica al poder si primero tiene que buscarse combinaciones de alternativas capaces de soportar presión. Esto es difícil, porque las personas dispuestas a ser dominadas probablemente no van a tener inconveniente en presentarse como personas que están dispuestas a amar, o dispuestas a comprar, o interesadas en la verdad. De este modo, muchas combinaciones de poder técnicamente posibles fallan debido a una excesiva demanda de información. La demanda por información disminuye en fuentes de poder tales como la fuerza física, que son, en gran medida, independientes de las estructuras de motivación, o en el poder organizado, que descansa en una sumisión generalmente establecida en forma previa y, de este modo, también —hasta donde llega— opera independientemente del motivo.

Esta solución al problema de la motivación está respaldada por una solución correspondiente al problema de la imputación. Sólo se necesitan motivos cuando se imputa la acción.[116] En el caso de una acción motivada por el poder, la selección, aunque se lleve al cabo por ambas partes, tiende a atribuírsele sólo al portador de poder, porque la persona sujeta al poder no parece tener motivos que se reconozcan como propios. Éste no tiene porqué ser el caso. Por ejemplo, cada ejercicio del poder no libera a la persona sujeta al poder de la responsabilidad criminal. Sin embargo, un código del poder debe tener presente esta *tendencia* para cambiar la imputación y poder legalizarla y formalizarla, al darle a la persona sujeta al poder, por ejemplo, la posibilidad de ser obligada *oficialmente* y, así, liberarla de la responsabilidad.[117]

---

116. Por supuesto, esta consideración sólo se aplica en el contexto del concepto de motivo aceptado en las pp. 27-28.

117. En las organizaciones burocráticas existen rituales desarrollados para tratar esto. Por estas razones, los códigos del poder que se forman en contra de la tendencia general y, por ejemplo, dan al subordinado el derecho y el deber, y así también la responsabilidad de negarse a obedecer órdenes ilegales, deben contar con la dificultad en la ejecución de las órdenes. Por ejemplo, en el contexto mili-

En códigos del poder extremadamente específicos, tal como el militar, esto ocurre incluso sin la acción individual del sujeto: el oficial toma la responsabilidad de una orden que no es clara.

11. Si los códigos generalizados de los medios de comunicación tienen que cubrir y combinar una multiplicidad de estas funciones, aumenta la probabilidad de que el código atraiga la atención y sea representado por símbolos articulados y reglas de conducta, junto con un nivel de demanda y realización. Esto es especialmente necesario cuando el código toma la forma de normas que también tienen que ser válidas cuando la conducta se opone a los hechos y, de este modo, tiene que atenerse a la manera en que se formulan. Sin embargo, ¿cómo se puede llevar al cabo el código en términos del contenido temático, si también las tematizaciones siempre hacen accesible la posibilidad de negación?

Toda la comunicación da por sentado un nivel de comprensión compartida previa que no puede ser negada. Este nivel, en que no puede ocurrir la negación, tiene que cambiar de acuerdo con el tipo de tematización, y de disposición para ella en cualquier proceso de comunicación. En la antigua tradición europea, existía la fórmula verbal de la perfección para estas comprensiones previas.[118] Por ejemplo, presentaba a la forma de organización política de la vida humana como la comunidad «más gloriosa».[119] Por un lado, el concepto de perfección señala la posibilidad de aumento, por otro lado la limita: como una forma de realidad, la per-

---

tar, normalmente nunca sucedería que la elección de llevar o no a cabo una orden dependiera personalmente del subordinado. Y la carga de la información involucrada en probar en *todas* las situaciones de orden si éste puede ser *excepcionalmente* el caso sería tan grande, que un cambio correspondiente parecería ofrecer poco éxito. Sin embargo, incluso los elementos ilusorios de este tipo pueden realizar funciones especificables en un código del poder. Compárese Rostek (1971).

118. Compárese Lovejoy (1936). Para los contextos de perfección y negación ver también Burke (1961, especialmente pp. 283 ss.).

119. κυριωτάτη en Aristóteles, *Pol.* 1.252 a, 5; *principalissimum* en S. Tomás (1492, p. 1).

fección puede aumentar hasta el *ens perfectissimum*, donde lo relativamente imperfecto encuentra de una vez su razón para existir y los fundamentos para su propia crítica. Con la ayuda de esta lógica de perfección, los aspectos de un código preservado de la negación podrían formularse de modo que también sirvieran para el uso de negaciones en los procesos codificados. La participación en la verdad perfecta implicaba la posibilidad de error, la participación en el poder perfecto la aceptación de las limitaciones.

Obviamente, esta lógica de la perfección falló por muchas razones, entre ellas la razón puramente religiosa del potencial aumentado para la negación lograda a través de la especulación.[120] En el campo del código del poder, la discusión que surgió a fines de la Edad Media sobre la soberanía, puede haber operado como un estímulo, al definir —aun en el estilo de la lógica de la perfección— a la comunidad soberana como *civitas superiorem non recognoscens*.[121] Sin importar cómo ocurrieron las causas reales, si fueron más las fuentes francesas o las italianas las que primero inspiraron la discusión, esto da una libertad mayor para la tematización y un potencial mayor para la negación dentro del código del poder, hasta que, finalmente, la tematización del código incluso permite a este último aparecer como contingente y como capaz de ser diferente de como es.

Los problemas que esto origina debe ser incluidos en el código del poder a través de nuevas posibilidades para la negación, porque ¿de qué otra manera se puede comunicar sobre el código, preguntar, explicar o cambiarlo? Es usual que esta pregunta se conteste con el concepto de legitimidad.

Se sostiene que, al final, el poder tiene que legitimizarse; y en este contexto, la legitimidad se define por medio de un

---

120. De este modo, el desplazamiento gradual del *ens quo maius cogitari nequit* (S. Anselmo) por el *ens infinitum* (Duns Escoto) a finales de la Edad Media, tuvo consecuencias para el reconocimiento científico de la infinidad real del mundo sin tocar los atributos de que le pertenecen a Dios. Véase Maier (1947).

121. Compárese Calasso (1951); von der Heydte (1952); Quaritsch (1970, pp. 80 ss.).

consenso de valor. Sin embargo, no se ha dado una explicación satisfactoria de lo que se quiere decir con esto. Un modo posible de hacerla más precisa está en la idea de que las comunicaciones sobre el código de un medio siempre deben ser dirigidas a través de *otro* medio.[122] Para la teoría de los sistemas, esto significaría que los temas pierden su autonomía en sus símbolos *mas altos* y son más sensibles a sus entornos. De acuerdo con Parsons, la estructura formada por los medios de comunicación debería considerarse jerárquica.[123] Entonces, esto se dificulta con la pregunta de cómo aún puede ocurrir la comunicación en el código del medio más alto. De este modo, uno se ve forzado a tomar la posición inconsistente de abandonar el principio de la dirección extraña de los símbolos de medios más altos en el medio más alto. De acuerdo con cada sociedad necesitaría bases fundamentales no contingentes en sí mismas por medio de las cuales se podría eliminar y controlar la contingencia y la variabilidad. Sin embargo, esto contradice las peculiaridades demostrables fenomenológicamente de la orientación significativa, de las cuales, una referencia a otras posibilidades, es una parte ineludible. Además, este concepto de la absorción de la contingencia por la vía de principios más altos, se opone peligrosamente a la evidencia histórica sobre los experimentos conceptuales pasados, como los enfocados en la noción de la perfección.

Una teoría que tratara de resolver el problema de tematización del código al explorar *el tipo de oportunidad que es específico para los medios y para los sistemas*, se consideraría

---

122. Uno de los ejemplos más conocidos de esto es la doctrina de la *norma básica* de Kelsen si se entiende como una hipótesis en la teoría del conocimiento, aunque haya sido propuesta para fundamentar el ejercicio recto del *poder*. Compárese por ejemplo Kelsen (1960). Otra versión de esta idea es la bien conocida de Jürgen Habermas, que dice que todo poder debería cuestionarse razonadamente sobre sus propios fundamentos.
123. Compárese, por ejemplo, Parsons (1964b). De acuerdo con Parsons, el medio del poder en los sistemas sociales se controla por medio de la influencia y ése, a su vez, por el medio de los compromisos del valor. Para detalles, véase Parsons (1936b) y (1968).

fundamentalmente diferente. Por ejemplo, el código del poder recibe su código secundario de la ley y, por lo tanto, el portador de poder superior puede obrar mal e, incluso, el más débil de los débiles puede tener razón. En casos de discusión, ser capaz de mantener la razón, el asunto de la prioridad del poder o la ley debe *reflejarse en el sistema, en tanto que, sin embargo, debe permanecer estructuralmente no resuelto*. Por supuesto, una codificación secundaria no significa que van a coincidir completamente las elecciones de preferencia del poder y lo correcto y de la impotencia y lo incorrecto, eso no sólo sería una utopía política, sino también un defecto estructural, pero sí significa que las disyunciones poder/impotencia y legal/ilegal están relacionadas entre sí. En esta estructura, los problemas de cierre deben decidirse en forma diferente en cada caso y, de este modo, sólo pueden resolverse cuando surge la ocasión.[124] Por lo tanto, es estructuralmente importante que se eviten las identificaciones a largo plazo y que las decisiones, sean por medio del tema o de la implicación, no conduzcan a una situación donde el portador de poder siempre tenga la razón. Lo más que se le puede conceder es estar justificado legalmente (*legibus solutus*).[125] De ningún modo esto es recomendar que se recurra a decisiones fundamentalmente irracionales ni al *status quo* existente.[126] En cambio, a pesar de un código que se torna contingente, uno se preocupa de dar ayuda a la orientación, al aprendizaje y a la toma de decisiones, que son plausibles respecto a situaciones concretas preestructuradas por el código mismo. En los casos

---

124. Véase, para un ejemplo entre muchos, Bünger (1946, pp. 27 s., pp. 66 ss.); o el fragmento de Paulus Stelle en D. 32, 23: «*Ex imperfecto testamento legata vel fideicommissa imperatorem vindicare inverecundum est: decet enim tantae maiestati servare leges, quibus ipse solutus esse videtur*» [el destacado es mío, N.L.].

125. Véase Esmein (1913); Krause (1952, pp. 53 ss.), Tierney (1962-1963) para los orígenes y para el uso medieval de esta formulación de los Digestos (D. 1, 3, 31). Originalmente no significó nada más que un privilegio concretamente concebido de dispensación personal, es decir de los reglamentos policiales para las construcciones.

126. Como lo temió Lipp (1972) entre otros. Rainer Baum también hizo preguntas en estos términos (verbalmente).

individuales, uno debe diferenciar entre el oportunismo y el mundo vivido de la práctica, su discusión en términos científicos y el procedimiento oportunista del análisis científico.

Una consecuencia más de esa codificación secundaria es que el problema del cierre (en términos antiguos europeos: perfección) del código del poder, ya no puede articularse en términos morales. La moralidad asocia a los símbolos del código con condiciones en que la gente puede respetarse mutuamente. Pero cuando dos disyunciones tienen que relacionarse entre sí sin superponerse completamente, en otras palabras, cuando el portador de poder superior tiene que ser alguien que pueda obrar mal, el brillo de su gloria ya no puede describirse en una fórmula unitaria de perfección que, al mismo tiempo, está sujeta a calificación. La demanda moral sobre el portador de poder para que no obre mal permanece intacta, pero pierde su relevancia para la sociedad más extensa. Ya no designa inmediatamente la naturaleza de la sociedad y la perfección real del poder, sino que se convierte en un asunto de «mera moralidad», para el cual debe buscarse una base autónoma en la conciencia subjetiva.

Es algo sintomático de las condiciones en el poder muy complejo y en los ordenamiento sociales, que la sociedad civil totalmente desarrollada no use una jerarquía de medios para dar dirección política (es decir, no legitimice la política con respecto a la verdad), sino que para este propósito haya formado un nuevo tipo de código político con una alta afinidad con el oportunismo, esto es, la dicotomía entre *lo progresista* y *lo conservador*. Este paradigma dual realiza los prerrequisitos estrictos para un código en el sentido descrito anteriormente:[127] puede usarse en forma adecuada para unir a su contrario a cualquier tema político en particular. En cuanto se convierte en un asunto de política, cualquier cosa en existencia puede convertirse en un tema propuesto desde puntos de vista progresistas y de reforma y, viceversa, cual-

---

127. Compárese pp. 48 ss.

quier propuesta de cambio puede ser contradicha al preguntar las razones para ello y al argumentar en favor de lo que ya existe. El código no contiene nada que obstruya tanto el cambio como la preservación; es formal, y precisamente por esta razón, puede usarse tanto universalmente como de modos bastante específicos para ciertas materias. El código (dicotómico) efectúa una duplicación evidentemente forzada de la realidad política; se ha convertido en una condición bajo la cual a los temas se les da un carácter político. Si surge algún tema, también surgen fuerzas progresistas y conservadoras, sin importar cómo proceden a formarse ideológicamente desde el catálogo de consignas de la historia.[128]

No es coincidencia que la sociedad burguesa use un esquema para codificar la política en el que el tiempo funciona con el objeto de imponer una estructura. También podría mostrarse cómo y por qué este código político, con su estructura temporal, rechaza la esquematización neutral de la ley.[129] Pero aquí no se puede proseguir con estos asuntos, a pesar de lo interesantes que son.[130] Para nuestros propósitos, simplemente debemos recordar que este código político particular es compatible con el oportunismo, gracias a su naturaleza formal y gracias a su temporalidad y, con esto, salva a la sociedad de ser atada a una jerarquía fija de medios.[131]

En el contexto de este código político, otros códigos pueden presentarse problemáticos. Podemos sugerir unos pocos prerrequisitos más para hacer problemáticos a los códigos

---

128. Sobre la creación y el desarrollo de los temas políticos, también ver Luhmann, «Offentliche Meinung», en Luhmann (1971a, pp. 9-34).

129. Hay consideraciones relevantes sobre esto en mi conferencia (Luhmann [1973e]).

130. Véase Luhmann (1974b) para un análisis detallado.

131. Aquí, en la codificación política secundaria del poder, como previamente en su codificación legal secundaria, podemos observar tendencias hacia una asociación ingenua y directa de las preferencias que, entonces, enfáticamente, no son una base de la estructura del sistema, sino una base moral. De este modo, el postulado de que el poder debería ser progresista (y no conservador), de acuerdo con la lógica del código político, sugiere la antítesis de que el poder debería ser conservador (y no progresista).

de este modo, aunque existe muy poca investigación directamente relevante, esto es: 1) seguridad suficiente en el ámbito de los sistemas simples de interacción en relación con la capacidad para continuar la interacción;[132] 2) equivalentes temporalmente satisfactorios para las funciones del código en la estructura y en la comprensión del entorno por los sistemas de interacción, por ejemplo, definiciones de situación comunes y convincentes en situaciones obvias de crisis; 3) la disponibilidad de subcódigos en el mismo medio que pueden asumir parte de las funciones de los símbolos del código problematizados y, además, que pueden funcionar temporalmente como substituto, por ejemplo, la reputación en conjunción con la verdad, el poder informal con el poder formal, el fundamento familiar y las historias personales interconectadas con el amor;[133] y 4) los supuestos muy complejos sobre la habilidad para aprender, lo que permite que los componentes problematizados del código se reemplacen por alternativas rápidamente disponibles.

Sobre la base de las consideraciones precedentes, difiero de muchas opiniones actuales, en que no considero que el problema de la legitimidad sea uno que establezca una *explicación* suficiente (incluso lógicamente válida) para el código del poder, ni solamente *aceptarlo realmente* sobre la base de una mezcla de consenso y fuerza, sino como un problema de las *estructuras y procesos que hacen posible el código y lo controlan a medida que se torna contingente*. La explicación y aceptación sólo son aspectos (y, en términos científicos, aspectos formulados inadecuadamente) de este problema general del control de la contingencia. Los problemas antiguos se eliminan con esta formulación más abstracta,[134] el énfasis

---

132. Esta es la base para la fluctuación supuestamente alta de las normas en las sociedades arcaicas. Para la sustentación de la validez de las normas por medio del consenso de interacción, compárese también Luhmann (1972*b*, 1, pp. 39, 149; 2, pp. 267 ss.), para más referencia.

133. Compárese pp. 59 s.

134. Hasta este punto creo que es justificables continuar usando el concepto de legitimidad o legitimación. Así, en Luhmann (1969*a*).

y búsqueda de problemas que resultan experimentan un cambio. La pregunta de cómo es posible *mantener la diferenciación a pesar de una contingencia del código alta* se destaca; es decir ¿cómo se evita que todos los problemas de la comunicación siempre se conviertan en problemas de código? y, por otro lado, ¿Cómo se detiene la diferenciación entre los diversos códigos de medios que se rompen y el poder que tiene que basarse en la verdad, el amor o el dinero?

Capítulo IV

EL PODER Y LA COERCIÓN FÍSICA

El poder se compone de la distribución de las preferencias para las alternativas y, por lo tanto, depende, en lo que respecta a sus componentes, de las combinaciones de estas preferencias. En el último capítulo afrontaremos esta explicación, de manera que por lo pronto podríamos volver nuestra atención a los problemas generales del código. Ahora, una vez más, debemos tratar este punto con el propósito de aclarar la relación que existe entre el poder y la coerción.

En lo que respecta a la suposición de una gama dada de alternativas y de un orden dado de preferencias, el poder se asocia con otras estructuras del sistema social. El poder no es un complejo completamente autosuficiente, sino que depende de otros factores, tanto para las condiciones que lo hacen posible como para su nivel de demanda y necesidad. Como se ha observado a menudo, varía principalmente de acuerdo con el tipo y grado de diferenciación en el sistema societal y de acuerdo con la división del trabajo en los sistemas organizacionales individuales.[135] A partir de esto se pue-

---

135. Compárese Mey (1972). El mejor análisis para los sistemas de organización es Dubin (1963).

den construir tipologías de poder muy diferentes, de acuerdo con el tipo de alternativas que pueden preferirse o descartarse. No obstante, esta es una posibilidad que no puede explorarse con más detalle en este ensayo; sin embargo, en general, tanto la necesidad como la posibilidad de aumento pueden considerarse como un resultado de la interdependencia creciente que es consecuencia de la diferenciación, aunque las posibilidades no siempre puedan ser realizadas, o las necesidades satisfechas. No se puede suponer que el desarrollo social produce automáticamente poder en la forma en que lo necesita; ni que el poder ocurre simultáneamente como consecuencia de la diferenciación social, como si fuera algo espontáneo, ni que está disponible para compensar la complejidad mayor y la contingencia mayor en las posibilidades de acción. Contra esto podría decirse que el poder que se basa en las dependencias estructuralmente condicionadas se fragmenta con la diferenciación siempre en aumento y se torna fundamentalmente específico y rígido, por ejemplo, el poder del trabajador de mantenimiento sobre los trabajadores de producción en los precios del producto.[136] Por esta razón, las dependencias estructurales de la formación del poder demandan una flexibilidad adecuada en la construcción del poder. Esto no debiera significar automáticamente una libertad de acción correspondiente por parte del portador de poder. Si el poder aumenta en posibilidad y en necesidad con la diferenciación del sistema, este principio de crecimiento permanece dependiente de las generalizaciones adecuadas en el código del poder. Es decir, debe ser posible seleccionar principios de poder que *no* dependan exclusivamente de la diferenciación social, sino que puedan usarse en forma más universal. De este modo, la violencia física funciona como una base del poder en el nivel societal.

---

136. Sobre este ejemplo compárese Crozier (1963, pp. 142 ss., pp. 203 ss.). Compárese también Elias (1970, pp. 70 ss., pp. 96 ss.) para el problema general de la neutralización del poder centralizado a través de interdependencias cada vez mayores.

Primero volveremos a referirnos al punto de vista al cual llegamos anteriormente (p. 14), de que el poder se anula por el ejercicio real de la coerción física. *Nemo ad praecise factum cogi potest,* dice el antiguo proverbio aplicado a los juicios legales. De este modo, la coerción física no puede entenderse como el *último recurso* en una escala de presiones siempre en aumento. En cambio, tiene un significado mucho más general en relación con el código del poder simbólicamente generalizado, en que media en la relación del nivel simbólico con el orgánico *sin involucrar a otras esferas de acción no políticas, tales como la economía o la familia.* De este modo se hace posible diferenciar el poder que es específicamente político, siempre con la condición de que el poder no se *degenere* en coerción física.

Como ocurrió con los problemas del código en el medio de comunicación del poder, aquí también podemos sacar provecho de los análisis en el nivel de una teoría general de los medios de comunicación. Ningún medio de comunicación puede consistir solamente de una serie de símbolos generalizados, tales como una lista de signos. Todas aquellas personas involucradas en el proceso de comunicación están sujetas a condiciones comunes y a límites de selectividad con base en sus existencias fisio orgánicas, en otras palabras, sobre la base de condiciones simbióticas y denominar *mecanismos simbióticos* a cualquier cosa que regule la relación entre los niveles simbólico y simbiótico.[137] Todos los medios de comunicación forman mecanismos simbióticos, en consonancia con el grado de diferenciación, de generalización y de especificación de su código bajo condiciones de compatibilidad con otros niveles en la formación del sistema. Ya que, estas condicioes son las mismas para cualquier participante, podemos hablar de condiciones que varían de vez en vez. Por un lado, existen bases simbióticas *comunes* para todos los medios de comunicación, tales como las con-

---

137. Más detalle sobre esto en Luhmann (1973*d*).

diciones y limitaciones sobre la capacidad orgánica del procesamiento de la información[138] y, también, mecanismos especiales específicos para cada combinación, cada uno de los cuales es particularmente relevante sólo para un *medio de comunicación individual* (aunque todos los dan por supuesto). En el caso de la verdad, la *percepción* se torna particularmente relevante, como lo es la *sexualidad* en el caso del amor. El código del dinero cuenta con el hecho de que se paga con el objeto de *satisfacer requerimientos*, y el poder tiene una relación específica con la *coerción física*.

Los mismos problemas se repiten a pesar de estos diferentes tipos de mecanismos simbióticos. En todos los casos se aplica lo siguiente:

1. La relación simbiótica *no puede ignorarse*. En los asuntos de la verdad, simplemente no se puede pasar por alto lo que se está percibiendo, del mismo modo que en los asuntos del poder simplemente no se puede ignorar dónde está localizada la capacidad superior para ejercer la coerción física. Por lo tanto, la relación con el nivel simbiótico también tiene que explicarse en el código.

2. Puesto positivamente, los mecanismos simbióticos ofrecen un tipo de *seguridad* para los procesos guiados por los medios con que armonizan.[139] Esta seguridad se torna

---

138. Por ejemplo, uno puede conjeturar que el significado total de los esquematismos binarios está condicionado simbióticamente, tal vez por medio de una diferenciación fisiológica entre el placer/no placer y tal vez también tiene su base en el umbral del recuerdo reciente y el remoto. En todo caso, la investigación reciente indica que si se interrumpe el flujo de experiencia, este umbral normalmente no retiene más de dos informaciones para la memoria que durará mucho tiempo. Compárese Simon (1969, pp. 39 s.). Si esta suposición se confirmara, al mismo tiempo sería posible explicar eso y porqué es ventajoso bajo estas condiciones iniciales, en el nivel *simbólico*, dar a una de estas dos informaciones la forma altamente generalizada de una *negación*; en otras palabras, esquematizar binariamente en este sentido específico.

139. En este contexto, Parsons habla de «bienes muebles o inmuebles»; Deutsch, «del control del daño». Ambos ven en esto una precondición para la *exageración* de esta base garantizada a través de los procesos de generalización simbólica. Compárese Parsons (1963a) y Deutsch (1969, pp. 184 ss.).

mucho más importante mientras más alta es, en ambas partes, la selectividad de la experiencia/acción regulada, y mientras más inseguramente se llega a la selección. Si se puede imaginar una gran parte, se debe saber mucho más rápidamente lo que se percibe; si alguien quisiera casarse, la sexualidad se tornaría más importante como una base y prueba de amor.

3. Además, es una característica consistente el hecho de que la localización y condicionamiento de los mecanismos simbióticos en los sistemas orgánicos, les permite lograr un efecto *no específico* en el nivel más alto de los procesos de formación de sentido. Allí son indeterminados y funcionan relativamente libres de estructura, y precisamente en eso consiste su función en los niveles más altos. Es verdad que existen limitaciones inherentes al aparato de percepción orgánico, pero no se aplican al contenido de la percepción. No todo puede lograrse por medio de la coerción física, pero uno puede hacer que ocurran cosas por su medio sin precondiciones, hablando comparativamente. Por supuesto, no puede darse por sentado esta propiedad, pero, a su vez, depende de los procesos simbióticos que le dan su forma; porque, para empezar, en el mundo natural no existe la coerción física pura, ni la percepción libre de contexto, ni la líbido independiente que busca pareja. En principio, es función del código de los medios dar libertad al mecanismo simbiótico, de manera que se pueda explotar el hecho de que no esté atado al nivel simbólico y que sea independiente de estructuras específicas de sentido. Y esto varía, como se indicó anteriormente, de acuerdo con las exigencias cada vez mayores de diferenciación, generalización y especificación en los medios.

4. Ya que muchos sistemas orgánicos se ven envueltos en los procesos de comunicación guiados por los medios, el código de los medios debe preocuparse de que estos organismos y sus sistemas de guía psíquica no operen independientemente, y que operen en conjunto por la vía de la ruta indirecta de las relaciones de comunicación socialmente significativas. Esto ocurre por medio de prohibiciones en la auto-

satisfacción. En el caso del amor/sexualidad, esta relación es obvia. Además, la verdad no puede confiar en la evidencia de la experiencia puramente subjetiva, tampoco en el proceso de percepción ni en un tipo de aprensión intuitiva de sentido. Y el poder difícilmente podría desarrollar sus funciones de ordenamiento social, transferir selecciones e ir más allá de la mera coerción, si cualquiera pudiera usar la violencia física en cualquier momento. También es patente que la propiedad y el dinero primero ganan sentido y función, aunque sólo en la medida en que el código no vuelva a referirse a las prohibiciones normativas, sino a las condiciones de conducta conveniente.

5. Por consiguiente, en lo que respecta a las bases orgánicas con las que se encuentran vinculados firmemente, los códigos simbólicamente generalizados ofrecen una función especializada para los mecanismos simbióticos con respecto de los medios de comunicación. En la medida en que aumenta la demanda, también se agrega a esto una *dependencia en la organización*. Entonces, los sistemas sociales especializados reaparecen nuevamente detrás de los procesos orgánicos como un último vínculo supuesto. El dinero sólo logra satisfacer necesidades por medio del comercio organizado. En su mayoría, las percepciones científicamente significativas sólo pueden abordarse por medio de la preparación organizada. Si la superioridad de la violencia física sobre cualquier otra violencia posible se va a garantizar con seguridad en cualquier territorio, se presume que los recursos se han acumulado y movilizado. En ese punto ya no da una seguridad última pero requiere que se organicen las decisiones sobre su uso y ahora requiere que esta organización sea segura. Incluso la sexualidad por sí sola ya no es una base segura para el amor, es decir, una prueba de amor, sino que demanda más garantías, en los productos de la industria farmacéutica. Las cadenas de garantías de este tipo ofrecen una mayor seguridad frente a una inseguridad mayor, precisamente porque están formadas tan heterogéneamente que no se separan completamente en forma inmediata.

Estos puntos de comparación con otros mecanismos simbióticos forman la estructura de una teoría de la violencia. Sin embargo, no debemos limitarnos solamente a formar una analogía, porque entonces, el análisis funcional degeneraría en un ejercicio meramente clasificatorio. Su preocupación distintiva por la equivalencia de diferentes formas, demanda que vayamos más allá de esto y que relacionemos las características de la fuerza con las características del código del poder y con su función, para una situación de interacción específica. La violencia física ejercida intencionalmente contra la gente[140] tiene una conexión con el medio del poder orientado por la acción,[141] en que *elimina la acción por medio de la acción* y, con esto, excluye una *trasmisión comunicativa de premisas reducidas de toma de decisiones.* Con estas cualidades, la violencia física no puede ser poder, pero conforma el caso extremo inevitable de una alternativa de evitación que forma poder. En esta situación, las características de los mecanismos simbióticos descritos anteriormente entran en operación: la posibilidad del uso de la violencia *no puede ser ignorada* por la persona afectada; ofrece al superior un *alto grado de seguridad* al perseguir sus metas;

---

140. Nos limitaremos a este caso de la violencia contra la gente. También incluiríamos la violencia que se ejerce usando disposiciones materiales que obstruyen a la gente en su libertad de hacer lo que quiera con su cuerpo, como por ejemplo, encerrarla en un cuarto al que ha entrado por su propia voluntad. Otros casos de violencia contra las cosas, como por ejemplo, la destrucción intencionada, sólo sirven para crear poder si tienen importancia simbólica y se advierte una disposición para usar la fuerza contra la gente también, por ejemplo, contra la gente que quiere defender sus pertenencias.

141. Por supuesto, esta asociación no debería considerarse exclusiva. De ningún modo explica todos los casos reales de violencia física. En cambio, esto tiene muchas más y diferentes funciones y causas, de una naturaleza expresiva o de ayuda, por ejemplo, tal como en el tratamiento de los enfermos o en el rescate de gente que se está ahogando y, tal vez, también funciones de una naturaleza educativa, etc. Por ejemplo, Fanon (1961, pp. 29 ss.), argumenta de este modo en un nivel *socio*político usando un conjunto de efectos *mentales*: los actos de violencia de los oprimidos aumentarían su conciencia de grupo. Puede que esto sea así, sin embargo, aún dice poco sobre las posibilidades y limitaciones del agregado políticamente organizado de estos efectos, y también poco sobre la complejidad («lucidez») de esta conciencia.

puede aplicarse *casi universalmente*, ya que es un medio que no está atado a metas particulares, a situaciones particulares o a motivos particulares de la persona afectada. Finalmente, ya que es un asunto de acción relativamente simple, está *fácilmente organizado* y, de este modo, puede ser *centralizado* si se excluye la autosatisfacción. Además, la violencia tiene la propiedad del *ordenamiento asimétrico* de las preferencias relativas, que es esencial para la formación del poder: es menos mal recibida por el superior que por el inferior.[142] Aparte, el ejercicio de la violencia consiste en la culminación de un conflicto en el que es imposible evitar como consecuencia la formación de un esquematismo de orientación binaria que anticipa el resultado del conflicto. Cuando se usa una alternativa de evitación social, este esquematismo complementa, para alternativas seleccionadas positivamente con un esquematismo más, el de lo legal y lo ilegal. De este modo, la naturaleza dual del código del poder, que consiste en fuerza/debilidad y legal/ilegal, está en la duplicación de las combinaciones de alternativas negativas y positivas: esto constituye el poder. Esto aumenta las demandas de la compatibilidad de la fuerza y de la legalidad al mismo tiempo, hace que no se dé cuenta de que la fuerza y la legalidad son idénticas. La discusión sobre *el derecho del poderoso*, que se ha repetido desde la época de los sofistas, está basada en una teoría del poder demasiado simple.

Debido a que todas estas características coinciden, la violencia física logra una posición excepcional en la formación del poder. La violencia física no se sustituye por ninguna otra alternativa de evitación en la combinación de estos rasgos. Al mismo tiempo, esta combinación de ventajas queda

---

142. En la nota 47, sobre la provocación, ya advertimos que esta asimetría de las alternativas de evitación puede ser precaria y, en ciertas circunstancias, puede destruirse. Si se usa esta posibilidad, también puede ejercerse un cierto tipo de compulsión contra la violencia superior, esto es, al compeler el uso real de la violencia. Esta estrategia de desafiar el empleo de la violencia puede, en algunos casos, tener éxito políticamente, esto es, cuando el portador de poder no puede recurrir políticamente a la violencia como una base para el poder.

limitada a usarse como una alternativa de evitación; de este modo es y queda de una naturaleza específica de poder y, por lo tanto, no puede formar simbióticamente la base para otros tipos de medios, como la verdad o el amor. En esto está una limitación inherente del poder basado en la violencia: aunque puede utilizarse casi universalmente, no puede explotar directamente la *plusvalía* lograda, con el objeto de ganar terreno en otras áreas de medios.

La importancia de todos estos esfuerzos para mantener la violencia dentro del estatus de una alternativa de evitación se aclara frente al fundamento de estas consideraciones. Por ejemplo, esto puede ocurrir en una demostración impresionante de fuerza que sería estúpido desafiar. Un equivalente funcional para esto es la técnica civil (*bürgerliche*) de situar la violencia en una dimensión temporal. Esta técnica, de acuerdo con la diferenciación entre horizontes temporales duales, es posible de dos maneras: al trasladarse hacia el pasado y al trasladarse hacia el futuro, es decir, hacia horizontes que no son actuales pero que, en cada caso, se relacionan con el presente. La violencia se establece como el *comienzo* del sistema que conduce a la selección de reglas, cuya función, racionalidad y legitimidad las hace independientes de las condiciones iniciales para la acción.[143] Al mismo tiempo, la violencia se describe como un evento *futuro*, cuyo inicio se puede evitar en el presente, ya que se conocen las condiciones que lo desencadenan. Ambas referencias temporales se basan en la regulación efectiva de la posición del poder presente, es decir, en la codificación dual del poder por medio de la ley. Reemplazan la mera omnipresencia de la violencia con la presencia de un tiempo presente regulado, que compatible con los límites temporales de un pasado o futuro diferente, pero no activo.

Por supuesto, las soluciones que poseen este grado de elaboración estructural están condicionadas históricamente

---

143. Con respecto de Kant, compárese Spaemann (1972).

y dependen de muchos factores. No sólo suponen un monopolio garantizado en el hecho de tomar decisiones sobre la violencia, sino que, además, también presumen una relación suficientemente compleja entre el sistema societal y el tiempo. Si el futuro y el pasado van a aparecer como diferentes tipos de presente, las diferencias entre los modos de tiempo no deben usarse sólo desde el punto de vista orientado hacia el poder para la reconstrucción de la complejidad social, posibilidad que primero fue descubierta en la sociedad civil de los siglos XVIII y XIX.

Ahora volvemos a dos áreas más de consideración que se ocupan de la formación de los sistemas y de la generalización.

El poder basado en la violencia se caracteriza por un principio de orientación *relativamente simple* que se relaciona bastante con las decisiones y que, al mismo tiempo, *es compatible con una complejidad mayor*. Un principio de orientación como éste, si coincide con una discontinuidad entre el *sistema y el entorno*, puede ocasionar la construcción de sistemas altamente complejos, por medio del efecto acumulativo de pasos simples.[144] Las reducciones transmitidas por el poder pueden elegirse con base en la superioridad en violencia, de modo tal que pongan en acción nuevas fuentes de poder, por ejemplo, formando cadenas. De este modo, de condiciones simples puede surgir un sistema de complejidad contingente, la ordenación exitosa del cual lo hace ampliamente independiente de las precondiciones para su inicio.

En este desarrollo —que de ninguna manera es inevitable— se diferencian las condiciones genéticas y las condiciones de control del poder. En un sentido genético y en el sentido de las condiciones esenciales mínimas, el sistema se basa en la violencia, pero después no se va a controlar a través de la violencia. La racionalización de su complejidad se convierte en un problema. El surgimiento del Estado so-

---

144. Compárese Simon (1969) para el área paralela de procesamiento de datos. Para el caso del poder, se pueden usar los análisis hechos por Popitz (1968).

berano moderno basado en el monopolio de la toma de decisiones sobre el uso de la violencia física, y su inflación a un grado de complejidad que difícilmente puede controlarse, es el ejemplo más significativo de este desarrollo en el ámbito social general. Al mismo tiempo, esta teoría del poder explica el modo en que esta situación es propicia para la revolución, es decir, para el recurso de la violencia con el objeto de modificar un sistema incontrolablemente complejo, por medio de la progresión regresiva.

Si consideramos el problema de la *generalización* del poder con base en la violencia, encontramos una ruptura similar en la tendencia hacia el aumento. Los medios de comunicación se estructuran de un modo tan complejo, de manera que puedan aumentar su funcionamiento en una escala lineal. Un aumento en la disposición sobre los instrumentos de la violencia, sólo concierne a una alternativa particular, aunque importante, de evitación. El aumento alcanza rápidamente un punto de saturación, después del cual ya no produce mayor seguridad, y mucho menos un aumento de poder. Entonces, las ganancias adicionales en el poder ya no dependen de la probabilidad aumentada de victoria en una lucha física, o de una disminución de las cargas que se llevan con esta lucha en perspectiva. Pero estas ganancias se explican en los terrenos estructuralmente diferentes, las que hemos tratado en términos de exigencias sobre un código de poder simbólicamente generalizado. Entonces, la generalización del código simbólico ya no sólo toma la forma de un mecanismo universal que puede usarse casi para cualquier propósito. En cambio, es general en un nivel más alto, en que es capaz de combinar tipos muy diferentes de recursos y enfocarlos sobre la selectividad en tipos muy diferentes de contextos situacionales.[145] Por esta razón, el caso más generalizado de poder no le da al portador del poder una elección completa dentro de una gama muy amplia de alternati-

---

145. Compárese también Lehman (1969) sobre estas demandas especiales sobre el poder «macrosociológico».

vas (él mismo no puede reducir tanta complejidad), pero, como el dinero, es aquello que se inmiscuye en la variedad más grande posible, al dictar premisas de toma de decisiones de otros. Y también por esta razón, el cuello de botella no está en tener los instrumentos del poder a nuestra disposición, sino en la medida en que los contextos altamente complejos de toma de decisiones están sujetos al control racional.

Si los aumentos en el poder no van más allá de umbrales relativamente elementales, dan poder en una *forma no voluntaria que no puede* ejercerse a voluntad, y mucho menos porque ayudan a formar contrapoder. Hemos establecido esto, *inter alia*, en el análisis de la formación de cadenas, pero se aplica siempre que la persona sujeta al poder pueda hacer que el portador de poder se encuentre en las condiciones y en las situaciones definidas en que puede ejercer su poder. Incluso, la habilidad para provocar la violencia es un ejemplo de esto. Las condiciones para el aumento dependen de las limitaciones. Sólo por esta razón una teoría del poder se aplica al gran poder.

Como resultado de todas estas reflexiones sobre el tema de la violencia, hay que tener presente que la idea difundida de una oposición o de una polaridad unidimensional existente entre la legitimidad y la violencia o entre el consenso y la compulsión,[146] es engañosa. Esta idea parece tratar de un constructo burgués que compara el problema de la referencia con una dimensión temporal y que hace no real el ejercicio de la fuerza, que hemos tratado. Este concepto es parte del código del poder mismo, por lo tanto, es una prescripción para la conducta y sugiere que el portador de poder siempre debería luchar por el consenso antes de usar la violencia. Esta afirmación es demasiado simple para una teoría del poder y, sobre todo, como un instrumento conceptual

---

146. Compárese, por ejemplo, Schermerhorn (1961, pp. 36 ss.), Partridge (1963, pp. 110 ss.); Buckley (1967, pp. 176 ss.), o para más referencias bibliográficas Walter (1964).

para el análisis de la relación entre las generalizaciones y la compatibilidad/incompatibilidad de los símbolos de los medios y los mecanismos simbióticos.

Ni la legitimidad ni la violencia surgen sin la mediación de los procesos simbólicos. Los conceptos no caracterizan ni a la oposición simple ni a los polos duales de una dimensión única, de modo tal que se podría decir: mientras más violencia, menos legitimidad, y viceversa. Más bien las interdependencias simbólicas existen en el sentido de que las regulaciones de la relación con el nivel simbiótico, es decir, con la parte orgánica de la existencia social, no pueden alcanzarse sin tomar en consideración otras exigencias sobre el medio de comunicación. La acción combinada de ambas es necesaria para el procesamiento de las contingencias y las precondiciones para esta acción combinada pueden variar a medida que se desarrollan. Sobre todo, dependen de la diferenciación de un mecanismo de poder específicamente político y de su asequibilidad universal en toda la sociedad.

En la siguiente discusión emprenderemos nuevamente este tema de la variabilidad de las exigencias socioculturales sobre el poder y la violencia, esta vez desde el punto de vista de la naturaleza técnica del poder.

Capítulo V

EL MUNDO DE LA VIDA Y LA TÉCNICA

En los capítulos anteriores, hemos discutido el mecanismo del poder en una forma altamente especializada como un medio de comunicación diferenciado. Tenemos presente que existen varios tipos de medios de comunicación. Incluso tomándolos conjuntamente, el área que afectan no cubriría todo lo que, en un sentido muy amplio, podría llamarse influencia. Todos los medios se desarrollan y se destinan para combinaciones específicas de interacciones, en otras palabras, para situaciones de problemas particulares. Siempre presuponen que la gente vive realmente en conjunto, es decir, presumen un «mundo de vida cotidiana» social (Lebenswelt).

Desde Husserl,[147] a menudo se ha advertido que la vida real que vive la gente en forma conjunta sigue su curso sin problemas, o al menos de un modo tratado como algo simple, en los contactos cotidianos hechos sobre la base de una certeza incuestionable sobre el mundo. Las alteraciones si-

---

147. En este contexto, el tratamiento de Husserl (1954) del problema queda dentro del área del medio de comunicación de la verdad. Sus trabajos sólo dan unos pocos criterios para una fenomenología de la práctica.

guen siendo la excepción. Normalmente, los fundamentos de la existencia compartida y las condiciones para su continuación no necesitan considerarse, las acciones no necesitan justificarse y los motivos no necesitan obtenerse y revelarse expresamente. Nunca se excluye el hecho de ver las cosas como problemáticas u organizadas de acuerdo con temas generalizados, y siempre siguen siendo posibles; pero este potencial no actualizado usualmente es suficiente como una base para la interacción: si nadie lo ocupa, todo está en orden.

Esta condición básica para la naturaleza real de la vida cotidiana no puede eliminarse. Está basada en las limitaciones estrechas de la habilidad para procesar la experiencia en forma consciente. Uno no puede considerar el progreso cultural, o el aumento de las condiciones técnicas o normativas, la dependencia y las regulaciones, o un programa fenomenológico para redefinir todas las actividades que producen sentido originalmente subjetivo, como un proceso de reformación gradual de lo inconsciente en lo consciente, o de sustituir gradualmente la racionalidad por la ingenuidad. Ni el desarrollo ni la instrucción puede comprenderse como la simple sustitución de lo mejor por lo peor. El mundo, como lo experimentamos al ordenar la vida, sigue siendo preconsciente, en el estatus de un horizonte de posibilidades no actualizadas. De este modo, los aumentos en las actividades que buscan organizarlo sólo son posibles como aumentos en las premisas de sentido formuladas y no formuladas, problematizadas y no problematizadas en el intercambio social.

Dadas estas precondiciones, los aumentos (en la organización del mundo como lo experimentamos) toman la forma de técnicas. Vemos la esencia de estas formas técnicas —nuevamente con respecto a Husserl, pero sin seguir su abandono de las técnicas desde el punto de vista del pensamiento trascendental—[148] en el hecho de aliviar a los procesos de la

148. Compárese Husserl (1954). Sobre esto también Blumenberg (1963).

experiencia y explicar todas las referencias al sentido que están implicadas.

En los casos extremos, la técnica toma la forma de hacer automático y calculable al procesamiento de la información, de operar con entidades idealizadas sin, al mismo tiempo, tener que considerar sus implicaciones más amplias. El desarrollo técnico de este tipo posibilita procesar selectivamente situaciones muy complejas y, con esto, reorganizar aquellas posibilidades que siguen siendo compatibles con los límites de la conciencia y con el estatus del mundo que experimentamos comúnmente.

Este concepto de técnica tiene un fundamento sociológico mucho más amplio que el concepto de tecnología mecánica. Por lo tanto, para empezar, también está mucho más vagamente definido, en lo que respecta a las correlaciones con otras variables en la estructura social. No contiene la sugerencia inmediata de que la organización laboral, el control del entorno, las relaciones de la producción, el estado de la economía y el dominio de clases sean factores primarios en el cambio social, aunque no los excluye. Con esto logra una comprensión que es adecuada para el sistema societal como un todo. Puede presumirse que las etapas más avanzadas de la tecnicización de la sociedad tienen una relación directa con todos los aspectos del funcionamiento.

Entonces, al tomar este concepto general de técnica como base, podemos describir la diferenciación de los medios de comunicación y, en particular, la diferenciación del poder, como una manifestación de la técnica. El elemento mecánico de la estructura de los medios de comunicación se basa en las características encontradas en los códigos binarios; en principio esquematizan una gran cantidad de procesos; regulan las consecuencias de su operación; y fortalecen su selectividad (al formar cadenas) más allá de lo que los participantes individuales pueden pasar por alto y ser responsables. De igual importancia es la posibilidad de simbolizar posibilidades, de modo tal que el proceso de selección no sólo pueda responder a lo que es verdadero y real, sino también a lo que es posible: a lo verdadero y real que se está transformando en algo diferente. La codificación y la simbolización eliminan la presión de la conciencia y, con esto, aumentan su habilidad para orientarse hacia las contingencias.[149] Todo esto sólo se torna significativo y posible bajo precondiciones evolutivas específicas, como con cualquier tecnificación del mundo en que vivimos.

La construcción de los sistemas complejos se acelera por medio de un tipo de autocatálisis, dondequiera que se presuman códigos de medios suficientemente específicos con estas funciones. Entonces, la orientación hacia reglas relativamente *simples* que puedan anticiparse en la comunicación social —dentro de un medio ambiente que, en relación con el sistema, varía al azar— conduce a la construcción de estructuras cada vez más complejas.[150] La simplicidad y la casualidad son precondiciones relativamente modestas para la construcción de la complejidad. Por esta razón, estas precondiciones de existencia no contienen ninguna garantía de que el sistema se mantendrá, mucho menos de que será capaz de regularse. Los problemas de conservación y de adaptación continua cobran mucha importancia como problemas resultantes de los desarrollos técnicos y, de este modo, demandan que se usen tipos especiales de técnicas sobre la base del grado de complejidad ya lograda. Obviamente, hoy en día esto también se aplica a los sistemas políticos o administrativos que se forman con el poder.

Los análisis que siguen son un intento, usando el ejemplo del poder, de clarificar tanto la relación entre el mundo de la vida cotidiana y la técnica, como las condiciones bajo las cuales se desarrolla esa relación. La teoría general de los medios de comunicación ayuda a transferir un tema exami-

---

149. Si pudiéramos imaginar, junto con Blumenberg (1972), un mundo vivido completamente sin contingencias, incluso podríamos decir que, en primer lugar, la técnica constituye la contingencia. Obviamente en ese caso, la fenomenología, en la medida en que está buscando la verdad de acuerdo con premisas lógicas, debe entenderse como técnica.

150. Sobre esto véase Simon (1969, pp. 1 ss.).

nado más comúnmente con respecto de la ciencia, a los campos de acción prácticos del poder/ley/política. La capacidad para el aumento del código del poder, sus efectos en la abstracción, idealización y esquematización, sus reducciones y atajos hacia la orientación, aquí son igualados por otros tipos de tecnificación, por ejemplo, en los ámbitos de la lógica o las finanzas. Al mismo tiempo, son concebidos como *desviaciones* de los fenómenos básicos de la vida social, como *improbabilidades normalizadas*, y como estructuras que siempre presumen que la influencia normalmente no tiene que basarse implícita o explícitamente en el poder, pero que puede ejercerse con facilidad, al estar determinada por la situación, sin tener que ejercerse necesariamente y sin tener que depender mucho de ella. El poder presupone que no surgirán demasiados problemas que sólo puedan resolverse por medio del poder; del mismo modo que, dentro de la comunicación regulada por el poder, debe presumirse que no demasiados problemas de comunicación se convertirán en problemas de código.

Procediendo de estas suposiciones, en los capítulos que siguen trataremos los siguientes temas:

1. ¿Cómo puede generalizarse la influencia mediada a través del sentido en el contexto de la transmisión de reducciones de la acción; y qué efecto selectivo tienen las condiciones de la diferenciación y la tecnificación sobre las formas de generalización de la influencia? (capítulo VI).

2. ¿Qué riesgos aparecen como efectos secundarios de logros que son improbables en términos de la evolución y del mundo de la experiencia común, y qué formas de absorción de riesgos corresponden a ellos? (capítulo VII).

3. ¿Cuál es la relación entre la tecnificación del medio de comunicación del poder y la creciente diferenciación a través de la evolución entre los diferentes niveles de formación de sistemas (sociedad, organización, interacción) y en qué sentido el poder es y sigue siendo un fenómeno específicamente societal? (capítulo VIII).

103

CAPÍTULO VI

LA GENERALIZACIÓN DE LA INFLUENCIA

En general, y sin mayor calificación, deseamos definir la influencia como la trasmisión de tareas de reducción.[151] Como una base para diferentes posibilidades de selección, la influencia presume una orientación significativa compartida. El sentido siempre se constituye en términos de tiempo y de la circunstancia real y social.[152] La referencia para la experiencia en otros tiempos, para otros objetos de experiencia y para la experiencia de otra gente no puede eliminarse del sentido que se está experimentando, aunque en ciertos aspectos puede negarse o ser puesta entre paréntesis por medio de la abstracción. De este modo, el sentido también puede generalizarse en estas tres direcciones. El sentido se generaliza en la medida en que puede hacerse independiente de las diferencias en las dimensiones individuales, es decir, independiente de cuando algo se experimenta, de lo que se

---

151. Para este tipo de concepto amplio de la influencia como una base para las diferenciaciones tipológicas, compárese por ejemplo Raven (1965); Cartwright y Zander (1968). Además, en Tedeschi (1972) puede encontrarse un estudio de investigación reciente en los Estados Unidos sobre la psicología social.

152. Para más detalles sobre esto y lo que sigue véase Luhmann (1971b).

experimenta, y de quien sufre la experiencia. La generalización adecuada del sentido es una precondición para el uso relativamente libre de contexto y de situación del contenido de sentido y, de este modo, para cualquier tipo de tecnificación. El instrumento más importante de generalización es el lenguaje.[153]

Ahora aplicaremos este enfoque general al caso excepcional de la influencia perseguida con el objeto de provocar no solamente la experiencia, sino también la acción. Ante todo, deberíamos tratar de encontrar generalizaciones para la motivación de la persona que va a ser inducida a llevar a cabo una cierta acción. Experimenta su situación y sus opciones de modo significativo y contingentemente. Para él, el hecho de aceptar la influencia es la misma cosa que hacer una selección. Por esto necesita motivos. Como todo sentido, estos motivos pueden generalizarse en términos de tiempo y de la circunstancia factual y social. En el caso de la generalización temporal, las diferencias de tiempo se neutralizan: *ego* acepta la influencia porque ya ha aceptado la influencia previamente, porque existe un curso de sucesos que obviamente debería continuar.[154] En el caso de la generalización de la circunstancia factual, las diferencias en el asunto inminente se neutralizan: *ego* acepta la influencia porque también ha aceptado la influencia en asuntos diferentes, y por-

---

153. Puede ser algo característico de este instrumento el hecho de que las generalizaciones temporales y sociales puedan ocurrir con más facilidad y tomarse como mucho más que generalizaciones reales. En la comunicación cotidiana, en gran medida pueden desaparecer del campo de la atención consciente. Las palabras pueden significar algo independiente de quién las usa y de cuándo se usan, pero contra esto, no son independientes en el mismo grado de lo que significan sus contenidos. A su vez, el lenguaje hace posible una disociación completa del hablante y del momento en que habla, de los contenido sociales y temporales sobre los cuales está hablando; pero, por otro lado, no es posible disociar completamente la opinión y el significado sin que el sistema de interacción utilizado por el lenguaje caiga en la confusión.

154. Adams y Romney (1959) (y en más detalle también en [1962]), sugieren una teoría de la influencia sobre una base conductista, desarrollada particularmente desde este punto de vista de la generalización temporal (refuerzo generalizado).

que cambia la responsabilidad para verificar que el contenido de una comunicación ha sido recibido por alguien más. En el caso de la generalización en términos sociales, las diferencias sociales se neutralizan. *Ego* acepta la influencia porque otros también la aceptan. Con el objeto de poder denominar claramente estos tipos de generalización, los llamaremos *autoridad* a la influencia temporalmente generalizada, y *liderazgo* a la influencia circunstancialmente generalizada.[155] Mientras que la autoridad, la reputación y el liderazgo pueden diferir en dirección, ofrecen motivos generalizados completamente compatibles para la aceptación de la influencia.[156] La autoridad, la reputación y el liderazgo son formas relativamente *naturales* de la generalización de los motivos. Esto significa que sus orígenes y su desarrollo en estructuras pronosticables incluso se van a observar en los sistemas de interacción simple,[157] es decir, pueden ocurrir en forma relativamente libres de precondiciones. Pueden aumentarse en la dirección de una generalización mayor. Aquí, como en cualquier otra parte, estos aumentos no son necesariamente posibles en un punto dado, ya que todos tienen sus propias

---

155. Esta terminología se está adaptando para propósitos de definición y sin reclamar una consistencia conceptual con otra investigación que use estos términos. De este modo, el acuerdo debe examinarse en cada caso, independientemente de la terminología. En *Funktionen und Folgen formaler Organisation* (1964, pp. 123 ss.), yo mismo sugerí la designación del poder (en vez de la autoridad), de la autoridad (en vez de la reputación) y del liderazgo. La causa para la redefinición está en el mayor desarrollo de la teoría de los medios de comunicación. Existen análisis de la historia del concepto en particular para *auctoritas*/autoridad. Ahora compárese Veit *et al.* (1971), y Rabe (1972), los cuales tienen más referencias bibliográficas.

156. En Dahl (1957) encontramos una distinción similar con una intención bastante diferente, esto es, con respecto a las dimensiones medibles del poder. De las cinco variables que, en la opinión de Dahl, definen al concepto del poder, selecciona tres que conciernen al subordinado como relevante para la comparación. Las tres variables son: el propósito del poder (= el alcance objetivo y el temático), el número de sometidos comparables (= la dimensión social abstraída en un mero número de subordinados), y el cambio en las probabilidades (= la dimensión temporal de la disposición a aceptar, sin embargo no concebida en términos de la permanencia sino como un cambio). Similarmente también Kaplan (1964, pp. 13 ss.).

157. Como en Luhmann (1972*c*).

condiciones de compatibilidad y sus propias consecuencias. Al menos, debemos reunir una pequeña cantidad de estas consideraciones con el objeto de estar en posición de describir la función específica del medio de comunicación del poder, o como ahora podemos decirlo, la función de la tecnificación de la trasmisión de la reducción, en relación con los límites de la generalización de la influencia bajo condiciones *naturales*.

La *autoridad* se crea sobre la base de una diferenciación de probabilidades debido a una acción previa. Si las comunicaciones influyentes, por cualquier razón, siempre han tenido éxito, surgen expectativas que fortalecen esta probabilidad, facilitan nuevos intentos y hacen más difícil el rechazo.[158] Después de un periodo de aceptación sin problemas, el rechazo causa sorpresa, desilusión, consecuencias imprevisibles y, de este modo, requiere de razones especiales y, viceversa, la autoridad no necesita justificarse inicialmente. Se basa en la tradición, si uno prefiere usar este término, pero no necesita invocar a la tradición.[159]

La *reputación* se basa en la suposición de que pueden darse razones para la corrección de la acción influenciada.[160] La generalización circunstancial de la influencia también es esa dirección de generalización que está más cerca de los

158. Compárese Maruyama (1963) para la teoría general cibernética de la probabilidad del refuerzo de la desviación.

159. Desde Karl Mannheim (1927), esta distinción entre el tradicionalismo no reflejado y el reflejado ha aparecido en muchos exámenes del problema de la tradición.

160. En este sentido, Friedrich (1958), definió la autoridad como la capacidad para la elaboración razonada. Con esto no se refiere a una capacidad puramente subjetiva, sino a un tipo de comunicación que también comunica una anticipación correspondiente. En esto, depende menos de la habilidad misma que de la suposición de la habilidad y de que sea sobreestimada. En la investigación de la psicología social, las relaciones cognoscitivas entre el tipo de reputación y la influencia en las opiniones han sido particularmente enfatizadas desde Asch (1948). Las características de un comunicante que perfecciona su habilidad para convencer también se encuentran reunidas bajo la designación errónea de *ethos*. Compárese Andersen y Clevenger (1963). Otras investigaciones aparecen bajo términos tales como destreza, competencia, credibilidad. Compárese, por ejemplo, Hovland *et al.* (1953, pp. 19 ss.); Hollander (1960); Aronson y Golden (1962); Aronson *et al.* (1963).

mecanismos cognoscitivos. De este modo, incluso una teoría científica podría usar el concepto de la reputación para designar un sustituto posible para la verdad.[161] En este caso, la motivación generalizada ocurre porque una capacidad general para explicar y desarrollar los argumentos se acepta o se transfiere desde casos comprobados a otros, de un *modo relativamente incondicional*.[162]

Aquí también la base de la relación es una *posibilidad*, la simple posibilidad de más indagaciones y averiguaciones, que, sin embargo, no se ejerce. Esta posibilidad contiene un elemento de indeterminación —para ser más explícito, la posibilidad no necesita estar completamente determinada— y este factor apoya el acto de generalizar. De este modo, en la medida en que las razones para ciertas acciones estén clara y generalmente reconocidas, la reputación disminuye. En este contexto a menudo se dice que el hecho de hacer que las relaciones en la industria se basen más en la circunstancia real conduciría al rompimiento de la estructura jerárquica.[163]

El *liderazgo* se basa —y aquí volvemos a referirnos a la investigación sobre la teoría de grupos— en un deseo cada vez mayor de seguir, estimulado por la percepción que otros también están siguiendo; en otras palabras, se basa en la imitación. Entonces, algunos aceptan la influencia porque otros lo están haciendo; y estos últimos aceptan la influencia porque los primeros lo hacen. Si la influencia sobre varias personas es posible y practicable, el líder puede elegir a quién influenciar; y, además, gana alternativas que, a su vez, se convierten en un factor en la orientación de otros. El líder se independiza de las condiciones concretas de obediencia

---

161. Compárese Luhmann «Selbststeuerung der Wissenschaft», en Luhmann (1970, pp. 232-252).

162. Incluso este momento de aceptación no examinada y sin reservas en su mayor parte aparece en las discusiones del concepto de autoridad. Así ocurre incluso en Lewis (1849, especialmente pp. 6 s.), sobre la base de una antigua tradición relacionada con la diferencia entre la opinión y el conocimiento (y, en términos de la teoría social, esto significa la diferenciación a partir del conocimiento del mundo de la vida).

163. Véase, por ejemplo, Weltz (1964, pp. 27 ss.).

que un individuo dado pudiera exigirle. El individuo abandona las posibilidades que él mismo posee y, debería aducir, tiene que incitar al grupo en contra del líder. Y, del mismo modo, el líder tiene que preocuparse por mantener el *ethos* del grupo —a pesar de lo ilusorio que pueda ser—; en otras palabras, de persistir en el entendimiento de que el grupo lo aceptará como líder y que el disidente individual se aislará.

Las generalizaciones temporal, circunstancial y social de este tipo comparten ciertas suposiciones comunes. Como una condición de la posibilidad de formar expectativas postulan algo distintivo y, con esto, una cierta centralización de la estructura de sentido del sistema, por medio de la referencia hacia temas significativos, por ejemplo, propósitos, o hacia roles significativos. Se debe relacionar la influencia esperada con algo que pueda especificarse; se le debe poder localizar dentro del sistema.[164] Esto inevitablemente se vincula con la construcción de estructuras más complejas, que debemos entender que son imperativas en un nivel más alto.

De este modo, una percepción estructural dotada de focos temáticos u orientados hacia el rol no puede soportar una especificación completa tanto desde un punto de vista dimensional como funcional. Ningún líder puede confiar exclusivamente en el aspecto social del acuerdo sobre las expectativas; siempre tendrá que pretender haberse probado él mismo y su reputación, para tomar decisiones correctas y con éxito en una cierta área. El hecho de que se haya probado a sí mismo no puede verificarse sin referencia a los temas y a la gente; en otras palabras, incluso la generalización temporal, como formación de autoridad, no puede lograrse completamente sin la reputación, y esto tenderá hacia la generalización social tan pronto como ocurra la comunicación

---

164. Por otro lado, con respecto al liderazgo, la investigación de grupo ha enfatizado que la centralización del rol no puede darse por sentada desde el punto de vista funcional, y que el liderazgo también se puede distribuir difusamente en el sistema. Compárese, por ejemplo, Paterson (1955, pp. 117 ss.); Thibaut y Kelley (1959, pp. 283 ss.); Shelley (1960); French y Snyder (1959). Véanse también las observaciones críticas hechas por Janda (1960, especialmente pp. 351 s.).

sobre ella. El juicio y el deseo de otros para seguir se tomarán en cuenta sobre todo en donde lo correcto no es inmediata y directamente obvio. De un modo u otro, puede haber énfasis entre estas consideraciones; la realización completa en la práctica de las diferencias meramente analíticas entre varias dimensiones de sentido, no es necesaria ni posible cuando tratamos con las realidades de los sistemas sociales.

Esto no sólo ocasiona límites a la generalización y abstracción de las relaciones de la influencia, sino también, al mismo tiempo, a la diferenciación funcional de los sistemas sociales. A pesar de todo el interés en las *uniformidades* de la vida social, la generalización temporal de los motivos no puede separarse completamente del antecedente factual del sistema y de sus múltiples compromisos concretos. Con toda la abstracción conceptual y la habilidad verbal altamente desarrollada que implica, la reputación siempre conserva un vínculo con el conocimiento disponible. En resumen: las generalizaciones en las diferentes dimensiones de significado se presuponen entre sí.[165] Sobre esta base, las situaciones formuladas únicamente en uno de estos aspectos sólo pueden lograrse en un grado limitado y siempre son riesgosas. Es más difícil lograr un potencial mayor para las combinaciones y la libertad para considerar y reconsiderar, si no se toman en cuenta los contextos como se dan, que apoyan la generalización del motivo.

Sin embargo, la influencia sobre las acciones se hace menos dependiente de estas condiciones iniciales de generalización del motivo, debido a la diferenciación de un medio de comunicación particular, es decir el poder. En general, el poder puede independizarse de las condiciones particulares de motivación en mayor grado que la influencia. Depende de la combinación de las preferencias descritas anteriormente, particularmente si puede recurrir a un poder físico superior.

---

165. Para la función de la ley como una garantía para esta congruencia de generalizaciones en el contexto de las expectativas normativas, compárese Luhmann (1972*b*, especialmente vol. 1, pp. 27 ss.).

Esta combinación puede normalizarse. Puede hacerse independiente de validaciones y tradiciones antiguas y, de este modo, de su conexión con temas, personas, tipos de roles o contextos con que estos tipos de validación estaban conectados. También puede hacerse inmune a la apreciación del deseo de otra gente de seguir, mientras esto no se convierta en un factor de poder. Por lo tanto, es más compatible con un cambio en los temas de comunicación y con una rotación en los portadores de poder, en otras palabras, con una mayor movilidad dentro del sistema. Todas estas son precondiciones para el reconocimiento social de la *contingencia* de la influencia, en otras palabras, para el hecho de que la gente obediente acepte una reducción de su potencial para la acción por parte de otros, aunque esto haya ocurrido *simplemente a través de la decisión*.

De este modo, la diferenciación de un código del poder en alguna medida hace independientes los procesos de influencia ante todas las fuentes históricas demasiado concretas de su generalización temporal, circunstancial y social. Así, podemos dotar de selectividad aumentada a los procesos de influencia y usarlos de un modo innovador sobre o contra tipos muy diferentes de situación. Pero, en principio, la movilidad y libertad mayor del contexto del proceso de transmisión sólo son *posibilidades* que se logran por medio del poder. La diferenciación, la generalización simbólica y la especificación del medio de comunicación son condiciones para esas posibilidades. En esto, nada se ha dicho sobre más precondiciones bajo las cuales se realizan los contextos de acción correspondientes, o incluso sólo se hacen probables. Todo el espectro de condiciones para la realización de eventos concretos naturalmente es muy complejo, y no puede describirse sin concentrarse en situaciones históricas particulares. De ningún modo el poder por sí sólo es condición suficiente para su autorrealización (como si el hecho de que algo se saturara sólo dependiera de la fuerza del líquido). El poder del poder no puede atribuirse una vez más al poder. Más bien, necesita un análisis fundamental desde el punto de vista de la teoría de la evolución y de la teoría de los sistemas, si uno desea explicar de qué condiciones socioculturales depende el desarrollo e institucionalización de los códigos de medios más abstractos y más efectivos.[166]

Ahora, estas condiciones pueden referirse a la relación entre el mundo de la experiencia vivida y la técnica. La naturaleza técnica del poder compensa ciertas limitaciones sobre la generalización de la expectativa basada en la experiencia vivida del mundo natural. Abre posibilidades que no están al alcance de esto y otorga, con esto, una libertad mayor de elección dentro del sistema. De este modo, la selectividad de las decisiones del poder aumenta, al mismo tiempo, y así, por último, la selectividad del código del poder. No es coincidencia que las sociedades constituidas *políticamente* fueran las primeras en experimentar la *contingencia* y en tratarla como algo problemático.[167]

En aquellos tiempos, la contingencia se concebía y se trataba en términos religiosos.[168] Un ejemplo de épocas más recientes hará que se aclaren aún más los contornos de nuestro problema. Como puede deducirse del entendimiento matemático del mundo implícito en las ciencias naturales y en la tecnología mecánica, la selectividad y contingencia mayor en los logros técnicos de ningún modo significan casualidad, inseguridad, voluntad o elección arbitraria en la experiencia y en la acción,[169] por el contrario, significan una dependencia cada vez mayor en condiciones y limitaciones.

---

166. Estoy pensando en las investigaciones hechas por Eisenstadt (1963) que, sin embargo, son muy imperfectas tanto teórica como empíricamente. Compárese también Fried (1967) y Sigrist (1967).

167. Compárese Luhmann (1973*a*).

168. Sobre esto véase Luhmann (1972*d*).

169. En esta medida, la formulación de Claessens (1965) de que la racionalidad es discreción, es errónea. Para ser más exactos debería decirse: la racionalidad mayor implica una contingencia mayor de elección bajo más limitaciones para ser ejercida; es una discreción mayor que puede producir más limitaciones. O, con respecto al medio del dinero usado como ejemplo por Claessens: la racionalidad mayor se logra porque la libertad mayor del empleo del dinero hace posible tomar en consideración más aspectos de la limitación sobre el empleo.

Por las mismas razones, los aumentos en el poder también conducen a problemas en la teoría, organización y técnicas de la toma de decisiones y, de este modo, pueden surgir más condiciones, aumentar más limitaciones y exigir más reflexión. Las listas de pecados cometidos por aquellos que detentan el poder siempre han sido mayores que las del hombre común. No creyó posible renunciar, desde su sentido de justicia, a ninguna de sus cualidades.[170] Sin embargo, se puede eliminar el lado moral de este problema y formularlo en forma más abstracta como un espiral de aumento mutuo de posibilidades y limitaciones. En esta concepción, la racionalidad mayor de un grado mayor de poder no consiste en estar destinada a buscar lo que es bueno, sino en el hecho de que más posibilidades puedan estar sujetas a más limitaciones. La racionalidad está en esta *relación*; no en resultados particulares. Aumentarla hace necesario y práctico contar con más criterios de toma de decisiones abstractos. Esto nos trae al carácter técnico del poder y a su racionalidad. En este sentido, la técnica del poder puede concebirse como una democracia y ser normalizada y reformulada en términos morales en las premisas de su constitución. La presuposición para esto es que las limitaciones sobre el poder están integradas en las condiciones de compatibilidad socioestructural.[171]

---

170. Compárese Aristóteles, *Política*, III, 4.
171. Estas breves observaciones se explican con más detalle en «Complexität und Demokratie», en Luhmann (1971*a*, pp. 35-45). Compárese también Luhmann (1965) y (1973*b*).

CAPÍTULO VII

LOS RIESGOS DEL PODER

Las formas más desarrolladas de la institucionalización de los códigos de los medios sólo son concebibles si las operaciones selectivas de los procesos dirigidos por lo medios (si no la selección del propio código) son visibles socialmente. Con el objeto de suponer que otra gente acepta cosas por razones específicas de código, uno tiene que ser capaz de saber, o al menos de sospechar, que las selecciones ocurren realmente. Esto se aplica sobre todo a los medios de comunicación diferenciados que ya no representan simplemente una realidad compartida.

Los riesgos conscientes aumentan con una creciente conciencia de selección. En primer lugar, se conciben en términos generales en el nivel de los procesos de selección y de trasmisión, como riesgos de cometer errores. En esta concepción del problema, la solución está en imponer normas de selección correctas. Esto se aplica por igual a todos los medios, con grandes diferencias en el tipo de reglas sobre la inteligencia, la moral, los dogmas y las provisiones organizacionales e institucionales que se desarrollan y se recomiendan con el objeto de contrarrestar el peligro. En el caso particular del poder, uno teme su mal uso por parte del porta-

115

dor. Tan pronto como el poder centralizado se hace visible y operacional, surge el problema de los tiranos que usan el poder despóticamente y arbitrariamente. La teoría política se opone a esto con un código ético que está muy relacionado con las instituciones. En esta concepción perdura el problema del riesgo del poder diferenciado que está contenido en un marco de dependencia estructural, y cada caso debe resolverse individualmente.

Desde sus primeros días, la sociedad civil del Posrenacimiento ha estado consciente de que sus relaciones se han desarrollado más allá de esta definición de peligro, y más allá de estos remedios. Las razones son complejas y aquí no pueden analizarse en detalle. Se encuentran en las relaciones de la política con otros sistemas sociales, en la generalización creciente de las tareas políticas y de otras fórmulas para el consenso, tanto como en los aumentos socialmente necesarios en el poder. Y culminan temáticamente en el debate sobre la soberanía. Después de estos cambios, la revolución burguesa, cuando finalmente llegó a expresarse como un proceso político, no constituyó ninguno de los correctivos usuales para casos particulares de mal uso del poder, y esto también fue algo completamente claro para la conciencia contemporánea.

Resulta menos claro saber qué concepto de los riesgos del poder ahora podría reemplazar al antiguo concepto, fácilmente comprensible e «inclinado hacia la ley», del mal uso formulado en términos de moralidad. Es obvio que este concepto no se ha hecho obsoleto, sino que más bien aparece en las dimensiones aumentadas técnicamente, en un siglo que sobrepasa a todos los otros en el grado y eficiencia del mal uso del poder. Pero incluso la debilidad de los remedios antiguos para el mal uso del poder, que comienza con el derecho a la resistencia, da qué pensar. Y es igualmente claro que la mera generalización de las antiguas ideas del mal uso del poder y de la represión —como en los conceptos de *fuerza estructural*, de la *clase dominante* o, bastante ingenuamente, en la noción de los capitalistas o plutócratas que derrotan a la mala la válvula de superávit— no tiene que ver con la realidad, sino que sólo sirve como un estimulante para la agresión. La fantasía de esta naturaleza no puede probarse frente a la habilidad de sus conceptos para desarrollar inferencias; sólo constituye un reflejo instintivo que se origina en las relaciones del poder (y, de este modo, ¡un aspecto del riesgo involucrado!), en tanto se hace necesario, en presencia de interdependencias cada vez mayores en el nivel social, entregarse a ideas abstractas y mistificaciones si uno va a proclamar o a responder políticamente a los potenciales del poder.[172] Un punto más: la simple *continuación* del tema de la revolución en el sentido del pronóstico de Hegel[173] nos da qué pensar, sobre todo en lo que concierne a las exigencias inherentes a un grado mayor de poder que es compatible con relaciones políticas inestables. Pero al fijar un tema histórico, este pronóstico no contiene un análisis suficientemente diferenciado del problema del riesgo. Ahora, ¿nos lleva más allá de esto la teoría de los medios de comunicación?

Con el objeto de alcanzar una formulación más general del problema, primero debemos aclarar las conexiones con la teoría de la evolución. En el proceso evolutivo, lo que acontece en forma causal es lo que es probable, porque ocurre más frecuentemente, porque puede introducirse y mantenerse en contra de la tendencia general (o, como lo afirmarían los científicos, en contra de la tendencia hacia la entropía). La evolución iguala la creación de improbabilidades, o si uno desea ponerlo de este modo: normaliza lo improbable. Esto siempre incluye, entre otras cosas, un problema de tiempo, en otras palabras, un desequilibrio de las ventajas temporales de lo probable, por ejemplo, en la evolución or-

---

172. Véase Elias (1970, pp. 70 ss., pp. 96 ss.). Compárese también la idea de la revolución burguesa al destruir el equilibrio antiguo entre el *centro* y la *periferia*, con el resultado de que la política se ideologizó y se hizo susceptible a la protesta, en Eisenstadt (1971), introducción a los capítulos 9-12, pp. 317 ss.

173. Compárese Ritter (1957).

gánica por medio de la catálisis o al controlar la velocidad de reproducción. La susceptibilidad a las alteraciones aumenta junto con esto. Si lo relativamente probable tiene que competir con lo relativamente improbable por posibilidades para reproducirse, el tiempo adquiere estructura en el sentido de que ya no es igualmente probable y ya no un asunto de indiferencia cuándo ocurre algo, y adquiere irreversibilidad en el hecho de que las oportunidades perdidas no se presentan nuevamente (siempre que no exista una garantía estructural de que, en casos excepcionales, la repetición pueda ser posible).

Entonces, en un sentido muy general, la evolución implica el aumento de la tasa de movimiento, interdependencias, falta de tiempo de grados variables y riesgos que están condicionados por y que aumentan recíprocamente con, los remedios que se relacionan con ellos. La diferenciación de roles especiales y, como último recurso, de códigos simbólicos especiales para el uso del poder, por un lado representa una respuesta para la concentración y especificación de ese riesgo en un sólo elemento y, por otro, un aumento en la concentración y en la especificación. Es una respuesta porque trabaja como un acelerador, y como un control de tiempo, porque independiza a la sociedad del éxito casual de trasmisión de decisiones.[174] De este modo, el riesgo se concentra de una forma diferente que es más evidente y, en tal medida, también más controlable, en la praxis de selección del portador de poder. Se desplaza desde la dimensión temporal hacia asuntos de corrección circunstancial de éxito y de consenso social. Esta situación problemática se denomina *complejo del tirano* y se presta a la descripción en la manera tradicional.

Si éste siempre ha sido un peligro del tipo de *demasiado*

---

174. Esta independencia de la casualidad ganada políticamente en una sociedad altamente desarrollada fue una de las principales ideas de la antigua filosofía política china, que se llama jurisprudencia. Compárese Duyvendak (1928, especialmente la introducción, de las pp. 109 ss.).

poder, más recientemente también podremos discernir el peligro del *demasiado poco poder*; y, en conexión con esto, surgen nuevos tipos de riesgos, de pérdida de función, de ineficacia evidente y de desintegración del poder y el sólo hecho de que éstos ocurran aumenta los riesgos.

El punto de partida para este problema es una necesidad para la toma de decisiones que aumenta rápidamente junto con el desarrollo de la sociedad, pero que no puede estar surtida de decisiones correspondientes y de actos de trasmisión. El número de sucesos que requieren de una decisión ha aumentado tanto en relación con las constantes naturales de cualquier tipo (es decir, aquellas de una *naturaleza externa* tanto como de una *naturaleza interna*), que se presume que casi toda selección es una decisión, o se deduce que tiene su origen en las decisiones. Sin embargo, ya que, obviamente esta responsabilidad de toma de decisiones no puede darse en un sólo punto, en realidad, incluso no puede controlarse desde un punto, la organización de las decisiones y, con esto, la trasmisión del poder en una formación de cadenas se torna un problema. Aunque no sabemos casi nada sobre la relación entre la complejidad cognoscitiva y las otras estructuras de poder en las organizaciones —y éste es un campo importante para una investigación organizacional futura— es obvio que el tratar el problema en sus dimensiones societales, hay límites sobre la capacidad de toma de decisiones que ahora se convierten en fuentes de poder en dos aspectos: 1) como poder para obstaculizar las cadenas de poder que no logran nada, que toman inútilmente responsabilidad, pero que pueden evitar muchos sucesos;[175] y 2) como poder de no tomar decisiones en los casos relevantes.[176] Por lo tanto, bajo estas condiciones dadas, los casos donde el poder transfiere decisiones negativas se tornan más probables y los casos donde el

---

175. Sobre esto, compárense las pp. 58 s. para la formación del poder recíproco en las cadenas de poder y con más detalle en las pp. 149 ss.

176. Compárese Bachrach y Baratz (1962) y (1963).

119

poder transfiere decisiones positivas se tornan menos probables.[177]

Un segundo punto se relaciona mucho con esto. Concierne a la aparición de problemas de tiempo en el contexto del ejercicio del poder, es decir, precisamente aquel aspecto en que primero se sitúan las ventajas evolutivas de la diferenciación del poder, es decir, precisamente aquel aspecto en que primero se sitúan las ventajas evolutivas de la diferenciación del poder. Aquí también se hacen evidentes los síntomas de sobrecarga. El ritmo, la sincronización y la exactitud se tornan problemas en el ejercicio de poder y distorsionan sus preferencias.[178] En los casos de interdependencia mayor de los procesos sociales que tienen diferentes ritmos individuales de tiempo, un portador de poder, cuando decide un curso de sucesos, usualmente no está también en posición de controlar la sincronización de éste con otros procesos. Es verdad que una progresión puede predecirse, que las secuencias lineales pueden reproducirse, pero en los casos más complejos, el hecho de que otros elementos esenciales para el proceso estén presentes simultáneamente, contraviene cualquier programa y constantemente fuerza retrasos.[179] De este modo, el tiempo se convierte en un factor desorganizador, en una resistencia incomprensible. No es la dureza de lo material o de la cabeza lo que lo hace imposible, sino el reloj y el calendario. En estos términos, encontramos que el aumento del poder en el sistema político está estrechamente

177. De ninguna manera se puede sacar por conclusión de esto que el *status quo* permanecería y que se evitaría que la sociedad cambiara. De todos modos el cambio social rápido está en desarrollo; no es posible ni sensato detenerlo. La única pregunta posible es si puede o no ser guiado en la forma del ejercicio del poder.

178. Compárese, «Die Knappheit der Zeit und die Vordringlichkeit des Befristeten», en Luhmann (1971*a*, pp. 143-164).

179. Aquí tendrían que empezar los análisis más exactos, esto es, el asunto de si la reproducción de soluciones para los problemas demanda una disposición en secuencias lineales. Aunque esta conjetura se confirmara, presentaría una limitación que se puede detectar sobre lo que se puede transmitir por la vía del poder hacia una reproducción más o menos automática y libre de intervención.

relacionado con la posibilidad de cambiar al menos a los que ocupan los cargos altos, con el resultado de que la práctica del poder está dominada por el pensamiento en periodos, no solamente en términos del lapso de tiempo, sino también en seleccionar lo que puede hacerse y lo que puede ocurrir dentro de un término de ejercicio.[180]

Por lo tanto, en términos de la circunstancia factual tanto como en términos del tiempo, el poder existente en los sistemas políticos ya no parece capaz de tratar lo que se requiere para llevar a cabo las operaciones de toma de decisiones y de transmisión. No es sorprendente que, incluso desde un punto de vista social, se manifiesten tensiones y síntomas críticos.[181] Traducido a la terminología desarrollada en el capítulo V, esto significa que el poder constituido políticamente como un sustituto técnico unificado para la autoridad, la reputación y el liderazgo, comienza a fallar. Sin embargo, en vista de la etapa de desarrollo que ha alcanzado la sociedad, el hecho de volver a bases más *naturales* para la generalización de la influencia, difícilmente forma parte del asunto, en lo que respecta a las funciones centrales. En cambio, los sustitutos técnicos para el poder se desarrollan, por ejemplo, en la forma de automistificación de los líderes o en la insinuación de éxito, que impresiona a las masas.

No ahondaremos más en el asunto de si este tipo de manifestación realmente revela deficiencias. Este veredicto no

---

180. Compárese también Luhmann (1973*b*, pp. 12 ss.)

181. Antes que nada, esto se demuestra en el hecho de que la pregunta sobre la *legitimación del dominio* está propuesta en forma bastante sencilla (y no como una pregunta de la legitimidad de un gobernante); y hoy en día surge cada vez más el hecho de que ya no se hace más esta pregunta, sino que se supone que la respuesta a ella es negativa. Por ejemplo, una encuesta entre los miembros del servicio civil oficial de Alemania Federal ha mostrado que el 62 % de los encuestados (en el grupo más joven asciende al 71 %) no está preparado para permitir que sus superiores políticos ejerzan la influencia política en sus opiniones. Compárese Luhmann y Mayntz (1973, pp. 337 ss.). Aunque estas cifras no dan una conclusión definitiva sobre la sumisión real, sí muestran en qué medida ha sido corroída la base del liderazgo político y, como lo muestra la misma investigación, *hoy en día esto ya no ocurre sólo porque existe un equivalente funcional en la naturaleza jurídica del poder para dar órdenes.*

121

puede derivarse simplemente del hecho de que algo mejor es imaginable. Sólo podría justificarse al analizar la sociedad más extensa y obtener de eso los parámetros de juicio y las normas de comparación. Nos falta mucho para eso. En esta ocasión, sólo estamos tratando los riesgos evolutivos del poder y aquí estamos interesados en el asunto de si, junto con esta envoltura crónica detrás de las expectativas fijadas estructuralmente, no surge un nuevo tipo de riesgo para el poder, esto es, el riesgo de *que se hará evidente que el poder no realiza sus propias potencialidades*.

Es probable que uno de los riesgos generalmente averiguables de los medios de comunicación diferenciados sea que proporcionalmente con el grado de articulación simbólica y con el grado de conciencia de selección, también aumente la discrepancia entre lo posible y lo real y, de un modo u otro llegue a influenciar las actitudes. Con el objeto de abarcar situaciones muy diversas y motivos heterogéneos, los elementos simbólicos de los códigos de los medios tienen que estar altamente generalizados y usar, para este propósito, idealizaciones y ficciones, tales como el concepto de rechazar la certeza intersubjetiva, el concepto de soberanía, la idea de un sentimiento de amor que está dirigido a una persona particular que aún permanece completamente libre de restricciones.[182] Entonces, las desilusiones que ocurren pertenecen a los riesgos estructurales (y no sólo a los interaccionales) de los medios de comunicación diferenciados y también tienen que controlarse por medio de sus códigos o subcódigos simbólicos.

En consecuencia, sólo puede decirse, de todos los medios de comunicación, que la diferenciación, la generalización y la especificación funcional sirven para aumentar la discre-

---

182. En términos de su historia conceptual, todos estos símbolos de código tienen raíces medievales que realmente no pueden cortarse. Fueron formulados por primera vez dentro de una lógica de perfección como algo que no podría aumentarse después, como el punto final en un aumento progresivo, y tomaron de esto una referencia concretamente visible al orden.

pancia entre lo posible y lo actual, y esto no sólo en el sentido de aumentar la selectividad en los procesos, sino también en la creación estructural de expectativas exageradas y de exigencias sobre las capacidades de los sistemas de comunicación correspondientes, lo que no puede desarrollarse en la práctica. En un contexto económico, la tan discutida revolución del aumento desproporcionado de las expectativas es un buen ejemplo de esto. Estas discrepancias también pueden concebirse como casos de complejidad, como diferencias entre la complejidad de lo posible y la de lo actual. Como tal, son un factor real que vuelve a responder a las condiciones de posibilidad y que conduce, por ejemplo, a símbolos del código que se están descartando, que se están volviendo ideológicos o que se están usando de un modo puramente oportunista.

Esta interpolación destaca la normalidad de estos riesgos. No es un asunto de desarrollo anormal. Pero esto dice poco sobre las condiciones para la estabilización. Por un lado, podrían estar en el desarrollo de *actitudes* adecuadas, por otro lado, en la traducción del problema en *técnicas de crisis*. Finalmente, podrían encontrar expresión en términos de la *inflación o deflación del poder*, que sin embargo se puede controlar.

Ahora debemos tratar brevemente el asunto de las actitudes compatibles, porque virtualmente no se sabe nada sobre este tema. Es una importante área de investigación para la psicología política. Existen actitudes tales como el fatalismo o la apatía, que sirven particularmente para adelantarse a las desilusiones. Dadas otras actitudes, ciertos casos de contingencia alta y de oportunidad limitada para la realización de posibilidades evidentes, ocurre una reorientación diferente, por ejemplo, desde la imputación interna a la externa, con consecuencias en el área de la motivación de la acción.[183] Otras posibilidades para la adaptación no están en

---

183. Para el caso del riesgo de la carrera ver Luhmann (1973c).

los procesos de socialización, sino en los procesos de selección, que mueven a la gente con disposiciones compatibles con los problemas que enfrentan hacia las posiciones de toma de decisiones. En todos estos aspectos, el grado de investigación es insuficiente para cualquier tipo de veredicto justificado. Pero, al menos, los instrumentos teóricos y empíricos necesarios para investigar estas actitudes no necesitan una mayor clarificación.

En el caso de las técnicas de crisis, también ocurre una falta de claridad tanto en el contexto conceptual como en el teórico.[184] Inicialmente, es mejor concebir las crisis como una fase procesal con peligros excepcionales y, como consecuencia, con posibilidades excepcionales. Entonces, la complejidad de lo posible no se atribuye simultáneamente al sistema, sino que se ilustra en el eje del tiempo como una secuencia de diferencias: por un lado, entre las situaciones normales con poco poder y con posibilidades remotas que, por ahora, no son realmente posibles y por otro lado, pueden activarse situaciones de crisis en el poder y las materias son específicas para ciertas situaciones, y para las que se aplican condiciones especiales temporalmente limitadas de compatibilidad estructural. De este modo, al suspender ciertas premisas de conducta, pueden ganarse ventajas en la diferenciación temporal.

Existen indicaciones de que las crisis se desarrollan donde el poder o las ideas están faltando. Ya que estas indicaciones están relacionadas con los sistemas sociales organizados,[185] simplemente no pueden transferirse sin enmienda al nivel societal de análisis.[186] Los procesos para obstruir el po-

---

184. Actualmente, el interés en las clarificaciones conceptuales se está viendo principalmente en los observadores marxistas recientes del capitalismo reciente, por ejemplo Habermas (1973).

185. Compárese particularmente Crozier (1963); Sofer (1961); Baum (1961, pp. 70 ss.); Guest (1962). Bucher (1970) también es muy interesante como un análisis del grado en que sus disposiciones de poder hicieron que las universidades no respondieran en forma previa a la revuelta de los estudiantes.

186. Habermas (1973) elige un punto de partida demasiado rígido para el análisis de la sociedad como un todo en el concepto de «principios de organización» que determinan a los tipos.

der —o más bien, para filtrar el poder que sólo puede usarse en forma negativa— que han sido descritos, sin embargo son fenómenos organizacionales. Puede suponerse que en este nivel —ya sea en el ámbito de la complejidad cognoscitiva o en el ámbito del poder— donde uno debe buscar aquellas obstrucciones que ocasionan los desarrollos del tipo que produce crisis. Además, ha habido investigaciones iniciales de si las crisis alteran la situación de poder en las organizaciones.[187] De este modo, con el objeto de dar cuenta de las demandas en el contexto de las funciones societales del poder, primero se deben diseñar instrumentos para tratar las crisis que son específicas para las organizaciones.

Las técnicas de las crisis no significan el esfuerzo por evitar o retardar una crisis en el sistema societal que, como lo entienden los marxistas, de todos modos es inevitable. En cambio, nos referimos a la diferenciación en términos del tiempo de los riesgos del poder, al comprometer a las crisis en un tipo de planificación del poder. Las leyes de emergencia son un ejemplo formalizado de esto. Este modelo puede reproducirse en el proceso político con menos dificultad y en un formato más pequeño.[188] Similarmente, las organizaciones están conscientes de la dirección *por excepción*. Este modelo puede extenderse a la esfera política en el sentido de una activación excepcional de los recursos políticos del poder. En este tipo de crisis anticipada y calculada, el riesgo de un poder mayor se paga con ciertas restricciones en el proceso de toma de decisiones, con la presión del tiempo, con la naturaleza a corto plazo del fin deseado, con la dependencia en problemas drásticos y ampliamente politizados, en otras palabras, con una competencia modesta de planificación.[189] Sin embargo, sobre todo, este mecanismo trabaja de un modo altamente selectivo en la gama de temas que puede

---

187. Compárese Mulder *et al.* (1971).
188. Similarmente Scharpf (1971, pp. 27 s.).
189. Compárese Vickers (1965, pp. 197 ss.) sobre las «decisiones desesperadas».

considerar. Porque, de ninguna manera, todos los problemas son susceptibles a la organización y a la crisis.

Una tercera variación del problema del riesgo, nuevamente mucho más relacionada con la teoría de los medio de comunicación, son las *tendencias inflacionarias*. Talcott Parsons fue quien sugirió que los conceptos de inflación y deflación podrían transferirse desde la teoría del dinero a la teoría del poder y, finalmente, a la teoría general de los medios de comunicación.[190] Sin embargo, no es clara la manera en que se van a abstraer estos conceptos con el objeto de transferirlos. El hecho de cubrir el riesgo de la generalización con el peligro de devaluar los medios de motivación tiene un efecto inflacionario. Por otro lado, el hecho de fracasar en el uso de las oportunidades para la generalización tiene un efecto deflacionario, con la desventaja de que quedan sin uso las posibilidades de trasmisión. En consecuencia, en el caso del poder, una práctica de comunicación que trabajara con amenazas sin sentido o raramente respaldadas estimularía la inflación, por ejemplo, la *criminalización* de áreas de conducta en que las violaciones no pueden procesarse por razones circunstanciales o por razones de política.[191] De modo similar en los asuntos del dinero, la inflación *suave* parece una posible estrategia de riesgo que, sin embargo, tiene la desventaja de ser anticipada por la persona afectada y explotada para sus propósitos. Entonces por un lado, esto resulta en una separación más o menos extrema de los símbolos del código y, por otro lado, de la distribución de roles y recursos, con el resultado de que la diferenciación de los medios no puede mantenerse en ambos niveles.[192]

---

190. Compárese Parsons (1963*a*); también (1968, pp. 153 ss.). Baldwin (1971*a*, pp. 608 ss.), a pesar de su actitud diferente y muy escéptica para la comparación entre dinero y poder, también ve aquí una proposición que podría desarrollarse. Similarmente Mayhew (1971, p. 143).

191. Las advertencias concernientes a esto se han proclamado por mucho tiempo en el contexto de las discusiones de la composición de la ley. Compárese, por ejemplo, Montesquieu (1941, p. 95).

192. Sobre esto véase Baum (1971), que une la definición de los conceptos de inflación y deflación para este descubrimiento.

Capítulo VIII

LA RELEVANCIA DEL PODER
PARA LA SOCIEDAD

Los medios de comunicación simbólicamente generalizados tienen un sistema de referencia necesario: la sociedad, y también en esto se comparan con el lenguaje. Se preocupan de los problemas relevantes para la sociedad más extensa, regulan las combinaciones que son posibles en la sociedad en cualquier momento y en cualquier lugar. No pueden restringirse ni aislarse en sistemas parciales, por ejemplo, en el sentido en que la verdad tenga un rol exclusivo en la ciencia, o que el poder tenga un rol exclusivo en la política. Existen combinaciones en el contexto de la selectividad doblemente contingente que no pueden eliminarse de la gama de interacción humana posible. Dondequiera que la gente se comunique entre sí, o incluso sólo considere esta posibilidad, la trasmisión de la selección se torna probable de una forma u otra. (El aspecto contrario sería una buena definición sociológica de la entropía.) Dondequiera que las personas se comuniquen entre sí, es probable que se oriente hacia la posibilidad de perjuicio mutuo y, con esto, se influencie entre sí. El poder es un factor universal para la existencia societal, establecido en el mundo de la experiencia viviente.

De este modo, todos los medios de comunicación, en tanto que pueden diferenciarse por completo, son instituciones societales; incluso la verdad, el dinero y el mismo amor son omnipresentes en este sentido, y el hecho de que participen en ellas, ya sea positiva o negativamente, es una parte necesaria de la existencia. De este modo, los cambios evolutivos en estos códigos siempre afectan al afortunado y al desafortunado simultáneamente, a los que pueden amar y a aquellos que, en nuevos tipos de símbolos, se enteran de que no pueden amar; a aquellos que tienen propiedad y dinero, y a aquellos que no los tienen. En realidad, el cambio de código puede, hasta cierto punto, conducir a una nueva distribución de las oportunidades, pero la *lógica interna* del código, la naturaleza no arbitraria de la disposición de los símbolos, comúnmente impide que la innovación conduzca a una redistribución radical. Nunca puede ocurrir que la gente que no tenga propiedad sea dueña de una propiedad, porque esto significaría que todos poseen todo, en otras palabras, que nadie poseería nada. La estructura de todos los códigos de medios vuelve imposibles las *revoluciones*.[193] Individualiza y operacionaliza a todos los procesos del movimiento. Los códigos son catalizadores para los ordenamientos históricos y autosustituyentes. En este sentido, también son elementos en la formación de ese sistema que es la sociedad.

Estas afirmaciones también se aplican a la relación entre el mundo de la vida (*Lebenswelt*) y la técnica, y aquí se van a examinar desde ese punto de vista. Contra el trasfondo del mundo real y la universalidad societal la diferenciación del poder, su aumento y su especificación funcional se convierten en un problema. Esta diferenciación demanda el desarrollo de nuevos sistemas políticos de referencia que se espe-

---

193. Valdría la pena considerar si el código de la moralidad es diferente. Los códigos de la moralidad se basan en la disyunción entre el respeto y el no respeto. Al menos se conoce una sugerencia radical sobre el respeto al no respetado: la de Jesús de Nazaret. Pero incluso aquí no queda claro si esto apunta a una simple inversión de la moralidad o a una revocación de ella. En todo caso, desde ese tiempo, las revoluciones se han llamado sucesos morales porque en la moralidad no puede imaginarse una revolución.

cialicen en la formación y manipulación del poder. En las sociedades antiguas, estos son primariamente la usurpación y el aumento de poder duradero en forma relativamente independiente del contenido de centros particulares, sin que nunca sea posible reunir e integrar todo el poder dentro del sistema de referencia político. En cuanto un sistema político se diferencia, demuestra que encuentra que existe fuera de él otro poder, en primer lugar, el de otras sociedades, otros sistemas políticos; además el de la posesión de la tierra y, sobre todo, el poder financiero. La diferenciación del poder político, al usar un código de medios específico del poder, hizo posible en el curso del desarrollo histórico, el cambio desde las sociedades arcaicas a las altas culturas, y desde entonces se ha convertido en uno de esos logros evolutivos que realmente no pueden invertirse. Revolucionó completamente la posición del poder en la sociedad: la visibilidad del poder, su simbolismo (incluyendo la necesidad de legitimación), la manera en que funciona y su alcance. De este modo, no sólo nos preocupamos de un proceso de especificación, de la limitación y restricción para dividir lo que hay disponible. La formación del poder político no sólo es relevante para la política; cambia a la sociedad como un todo. Con la formación de sistemas políticos especiales capaces de basarse en una violencia física permanentemente superior, puede lograrse una cierta sistematización y especificación de propósito —de este modo, también una dependencia más compleja de la toma de decisiones antes de que el poder se comprometa— pero no una monopolización completa del poder en las manos del *Estado*. Esto no sólo significa que se debe tomar en cuenta el poder que se ejerce *contra* aquellas decisiones políticamente legitimizadas que se ponen bajo presión social, aun cuando no estén amenazadas exactamente con la violencia, debido a un deseo de influenciar sus decisiones por medio del poder. Otro problema más y tal vez mayor, concierne al volumen de poder societal que surge y permanece *fuera* de cualquier conexión con el sistema político, primaria y especialmente el poder dentro de la familia (*despotismo* en el sentido estricto) y el poder de los sacerdotes; después el poder en la economía (principalmente el recientemente tan discutido poder de los dueños de propiedad) y también, no menos, hoy en día, el poder ejercido en el sistema educativo que usa medios para dar estatus. Todos estos fenómenos hacen surgir la pregunta de los *límites en que el poder puede politizarse.*[194]

Primeramente, debemos darnos cuenta de que existen desarrollos paralelos en otras áreas de medios y sistemas parciales que limitan el uso de las sanciones negativas dentro de ellos y que hacen posible distinguir entre las sanciones positivas y las negativas. Dentro del código del amor no es posible amenazar con retirar el amor; ya la amenaza equivale a ese retiro y, por lo tanto, no proporciona poder. En los asuntos económicos, el poder, es decir, el poder de la persona que posee escasos recursos, se neutraliza por medio del dinero: uno se los puede comprar. Sólo es cosa de los propios recursos y de calcular racionalmente cuánto ofrecer. En comparación con la redistribución en las sociedades arcaicas posteriores de los bienes escasos en la *familia más extensa* de la sociedad, una economía monetaria hace posible distinguir claramente entre el estímulo positivo y la sanción negativa y, de este modo, diferenciar la forma apropiada de influencia.

Esta observación aclara, por un lado, en qué medida la política nuevamente ha usurpado, particularmente hoy en día, las funciones de la distribución y, al hacerlo, usa el dinero incluso para neutralizar al contrapoder; y, por otro lado, clarifica el grado en que el poder que no logra politizarse, tiende a hacerse socialmente obsoleto. Permítaseme enfatizar: todo el tiempo nos preocupamos del poder en un sentido estricto; no del hecho de que padres, sacerdotes, dueños de propiedad o educadores ejerzan influencia en la ejecución de sus funciones.[195] Es un hecho que aquellas fun-

---

194. Sobre esto véase también Heller (1993).

195. Para el resto ya es una analogía injustificada con la política el hecho de hablar del padre de la familia, del dueño de propiedad, del educador, como lo

ciones ponen en sus manos medios de amenaza y de sanción, que pueden usar como base para el poder, pero que también pueden operar, si se comunican por la vía de las expectativas estructurales, por medio de la anticipación y, de este modo, pueden desencadenar efectos funcionalmente difusos. Por lo tanto, el problema en cuanto a la *estructura de la sociedad*, de ningún modo está simplemente en vencer ocasionalmente a los grupos superiores dominantes del sistema político. Ordinariamente usualmente las sociedades han sobrevivido bien a esto, porque el poder social, como amenaza para el sistema político, por supuesto debe transponerse en poder político. El problema está en otra parte: en no ser capaz de eliminar el poder de las interacciones no políticas, en limitar la especificación funcional de *otras* áreas de la sociedad al amor puramente personal, a la producción racional, al intercambio puro y al trabajo puramente educacional. En consecuencia, la agresividad del sistema político no es el único problema político a largo plazo en relación con las fuentes de poder que existen en toda la sociedad más extensa; también está el problema de mantener la especificación funcional de los diferentes sistemas para que sean sistemas *diferentes*.

Esta situación problemática doble —por un lado, el riesgo posible del sistema político y, por otro, la difusión funcional del poder social y los límites al hecho de que comience a politizarse— está sujeta al cambio social. La gravedad y el grado de los problemas dependen de otros factores y cambian con ellos. Las interdependencias funcionales y las estructuras de estratificación tienen una importancia especial. Las interdependencias cada vez mayores multiplican las fuentes de poder de la sociedad, que no pueden controlarse

---

haríamos en el caso de un rol de dominio. Por ejemplo, en la familia actual (y, por analogía, en otros casos), el niño que usa la fuerza puede presentar un problema mayor en comparación con el «padre de visita» notoriamente débil. Compárese Patterson y Reid (1970). Para examinar en forma previa la siguiente discusión, agreguemos que la habilidad de un niño para compeler puede ser política y legalmente más difícil de controlar que la de los padres.

políticamente (lo cual no significa automáticamente que las manifestaciones del poder podrían ser políticamente incontrolables). En los casos de interdependencia alta, el retiro, el retraso, o incluso solamente las acciones no cooperativas de descontento que pueden necesitarse en alguna parte, se convierten en una fuente mayor de poder que no recurre a la violencia física, ni puede combatirse por medio de amenazas de violencia física. En realidad, este poder sólo posee generalización, independencia del control temático y capacidad muy limitada para amenazar. En consecuencia, ninguna oposición política se puede desarrollar a partir de la interdependencia de las actividades pero precisamente ése es el problema. Porque cualquier cosa de este poder que se presente y exija dominio se excluye. En el mejor de los casos, queda políticamente parasitario, en que intenta sacar provecho de un sistema político que aún está funcionando, sin embargo, al hacer eso, debilita paulatinamente su capacidad para funcionar. Al mismo tiempo, este poder tiende a debilitar paulatinamente el funcionamiento de su propia área de interés inmediata, al forzar las interacciones que están ocurriendo allí hacia una orientación adicional suplementaria para asuntos del poder, mientras que, no obstante supone que esta habilidad para funcionar se mantendrá.

En tipos más antiguos de formación societal, las interdependencias son limitadas y controladas de modo importante por medio de la estratificación en familias, estatus y roles. De acuerdo con el estrato social al que uno pertenecía había para cada uno un punto de vista por encima de toda especificación funcional, al cual podían vincularse reglas conductuales de un tipo específico para el estrato. También contenían controles de poder no políticos e interaccionalmente efectivos sobre todo en los estratos más altos, donde el modelo de una sociedad pequeña basada en el trato personal pudiera reproducirse en una sociedad extensa.

Sin embargo, las interdependencias extremadamente altas de la sociedad moderna ya no pueden neutralizarse de este modo, tampoco en los sistemas de contacto específicos para una interacción cara a cara en estratos sociales particulares, ni, específicamente, en el nivel de los estatus y roles. De este modo, ha sido posible rechazar la estratificación como un principio, incluso en términos ideológicos. El asunto de las equivalencias funcionales queda sin resolver en el sentido en que el problema no puede sobreseerse simplemente al disminuir la necesidad de integración en la sociedad moderna. Este asunto continúa vigente en lo que respecta a nuestro problema especial del poder que no se puede politizar. Parecería que actualmente dos posibles soluciones principales están compitiendo entre sí. Ambas ganan un significado cada vez mayor con la importancia reducida de la estratificación social en la sociedad civil y ambas, claramente, ya muestran síntomas de sobrecarga, esto es, «manejo jurídico» y «democratización». En un caso nos preocupamos de exportar el poder político hacia contextos interaccionales muy distantes de la política, en el otro, de imitar la política en áreas muy distantes de la política. Mientras que en los sistemas societales arcaicos las disputas legales interaccionalmente motivadas a menudo fomentan una politización situacional,[196] después de que los sistemas políticos se habían diferenciado y después de que el sistema legal se había hecho «positivo», el marco de la ley, por el contrario, se ha convertido en un medio para generalizar y extender la política. El poder político puede, por decirlo así, conservarse en la forma de ley y mantenerse disponible para aquellos que no actúan políticamente ni tienen poder propio a su alcance. De este modo, un contrato legal debe, sobre todo, concebirse como un instrumento para poner el poder político no programado al servicio de propósitos (privados) no políticos.[197] La molesta distinción entre la ley privada y la pública ha oscurecido esta conexión entre toda ley y la política, aunque la ley privada en particular fue origi-

---

196. Moore (1972) da una buena idea en este contexto.

197. «Estos instrumentos racionales legales, como el contrato, permiten a los actores aplicar el poder del estado establecido a sus asuntos privados», expresa Mayhew (1971, p. 37) con respecto a Max Weber.

nalmente *ius civilis*, en otras palabras, ley política. En consecuencia, la discusión sobre el estado constitucional ocurre
casi sólo con respecto a la ley pública. Sin embargo, si una
forma legal puede vincularse a las relaciones entre los partidos privados, es justamente tan importante como el control
legal de la fuerza política.

Como se demostró anteriormente, el poder político, ex-
presado en forma de ley, se esquematiza en forma binaria.
De este modo, puede *reproducirse en forma simplificada sin
que ocurran de nuevo las condiciones para su producción*.
Para hacer uso del esquematismo, no es necesario formar de
nuevo poder político, basta con que exista en alguna parte y
se le pueda solicitar. De este modo, puede exportarse hacia
contextos de interacción no políticos sin politizarlos. Sin embargo, la esquematización no sólo ayuda al proceso de la
reproducción; al mismo tiempo, facilita la transferencia de
los motivos guiados por los medios a través de los límites
entre los sistemas y a través de campos de interacción muy
heterogéneos y, con esto, hace a los medios de comunicación compatibles con una diferenciación funcional mayor en
la sociedad.[198]

En la medida en que el control social está mediado por
la ley y garantizado por portadores de poder lejanos, los sistemas de interacción pueden liberarse de formas de control
social concretamente obligatorias —y, de este modo, mucho
más rígidas— sobre una base de cercanía cara a cara. De
esta manera, la ley hace posible la acción relativamente in-
considerada en contextos funcionales altamente específicos.
Entonces, los sistemas de interacción pueden vincularse a
sistemas parciales casi exclusivamente específicos que existen en la sociedad. Subsecuentemente, en el mercado, las
cosas simplemente se compran y se venden; ya no hay lugar

---

198. Otros ejemplos: el uso del conocimiento lógicamente esquematizado fuera
del contexto de su creación e independiente de las condiciones e intereses de la
investigación; el uso de la propiedad con base en el esquematismo binario de tener
y no tener, independiente del contexto de adquisición.

para la charlatanería y la educación, para buscar pareja o preparar la próxima elección política.

La importancia de la ley para la sociedad civil incipiente de los tiempos modernos debe apreciarse frente a este fundamento teórico.

Sólo la investigación reciente y las comparaciones internacionales muestran lo poco que puede darse por sentado en la sociedad esta expansión de la ley que controla en forma política (sigue siendo igualmente obvio que toda sociedad lleva al cabo las funciones necesarias en la forma de leyes).[199] No existe una garantía universal de que las situaciones de conflicto puedan esquematizarse en la forma binaria de legalidad e ilegalidad, o que la referencia se establecerá en un poder de toma de decisiones remoto y políticamente instituido; incluso la moralidad obstaculiza muy a menudo esta relación legal. Y parece que la industrialización progresiva no depende necesariamente de ella. En cambio, es posible que la sociedad recurra a las estructuras de estratificación que aún no han sido rotas, con el objeto de mediar entre la diferenciación y la integración. De este modo, es muy posible llegar a un juicio sobre el futuro de la estricta adherencia a la ley, como una solución para mediar entre la política y la sociedad.

Actualmente, se dirige más atención a resolver el mismo problema de la diferencia entre la sociedad más extensa y la fuerza política por medio de un tipo de política localizada específica para los sistemas pequeños.[200] Bajo postulados propuestos normativamente como la democracia, la participación o la codeterminación, como todos los tipos de sistemas organizacionales en todos los contextos funcionales sociales, ya sean escuelas, minas, prisiones o parroquias, son confrontados con demandas de participación en el ejercicio

---

199. Compárese van der Sprenkel (1962, p.e. p. 71); Cohn (1965); Hahm (1967); Kawashima (1968); Rokumoto (1972) y (1973); Gessner (1974).

200. Del ahora aplastante cuerpo de la literatura, compárese Naschold (1969) y, particularmente sobre esto, Oberndörfer (1971).

del poder. De este modo, la diferencia de nivel entre los sistemas societales y las organizaciones individuales así como también la diferenciación entre los dominios funcionales de la sociedad, se acaba ideológicamente. Volvemos de nuevo a la universalidad del fenómeno del poder en el mundo en que vivimos. Obviamente, es imposible anular la diferenciación del sistema político, o incluso sólo llevar adelante en todas partes una política en pequeña escala del mismo modo que una política en gran escala. Lo que parece ocurrir, que la influencia relacionada con la posición o función en la organización gana visibilidad y se implica en una red de comunicaciones y metacomunicaciones que tratan con asuntos de poder. Se puede prever que esto aumentará el poder del veto que, de todos modos, es típico de las organizaciones. Al tomar esta ruta, hay menos esperanza que en cualquier otra parte de alterar la sociedad a través de las interacciones que usan el medio de comunicación del poder. Actualmente, las debilidades del poder en el contexto de la evolución societal son obvias. Fundamentalmente, éstas se reflejan en el intento —sin dejarse eliminar por éste— de reemplazar la comunicación a través del poder con la comunicación sobre el poder.

Capítulo IX

EL PODER ORGANIZADO

En primer lugar, si el poder debe considerarse como un universal social, en la teoría del poder es necesario tomar el sistema de referencia, es decir, a la sociedad, como fundamento. En otras palabras, se debe comenzar por las funciones del poder para el sistema de la sociedad como un todo. Este sistema de referencia de ningún modo cambia si la política y la ley se incluyen en la perspectiva. Porque el sistema político y el sistema legal son subsistemas de la sociedad que están diferenciados para las funciones societales. Esta diferenciación y especificación funcional alteran la sociedad misma, cambian las posibilidades y condiciones de compatibilidad de todos los subsistemas sociales y, de este modo, son un aspecto de la evolución societal. Sin embargo, al analizar las funciones y las estructuras de un código del poder simbólicamente generalizado, frecuentemente nos encontrábamos frente a problemas resultantes que ya no pueden ser tratados apropiadamente dentro de la esfera de acción de este sistema de referencia. Por ejemplo, esto se aplica a la formación de cadenas de poder largas en las que, sin embargo, se pueden controlar la consistencia temática, a la creación de contrapoder en estas cadenas y a los problemas que ya hemos mencionado, concernientes al potencial para el procesamiento de la información y a las limitaciones sobre la toma racional de decisiones. Un trato adecuado de estos asuntos demanda un cambio en el sistema de referencia, un análisis que incluiría las condiciones estructurales especiales en los sistemas sociales organizados.

Por supuesto, la elección de un sistema de referencia para un análisis científico es una opción en el contexto del proceso de investigación, un aspecto de la elección de tema y de límites temáticos. Sin embargo, no es cosa de una elección arbitraria entre posibilidades o de un puro capricho. Como puede verse en el asunto del código societal de los medios, el código da por sentado la existencia de un tipo diferente de sistema: la organización.

Las posibilidades para aumentar y trasmitir la selectividad que resalta en la estructura simbólica del medio de comunicación sólo pueden agotarse si, dentro de la sociedad no sólo se han formado subsistemas del sistema societal, sino también otros tipos adicionales de sistema, esto es, organizaciones. El simbolismo que cumple funciones societales generales presupone una diferencia de por medio y una interdependencia entre varias posibilidades para la formación de los sistemas. El hecho de usar posibilidades más limitadas para la formación de los sistemas es una precondición para realizar posibilidades que se delinean a través de toda la sociedad y, al mismo tiempo, la diferenciación y la especificación de los medios de comunicación especiales crean catalizadores para las formaciones de sistemas en la forma de una organización concerniente, en particular, con la propiedad y con el poder político respaldado por la violencia.

Lo que puede obtenerse de la organización no resulta del hecho de dirigir nuevos medios de comunicación, sino de un procedimiento característico en la formación de los sistemas. Los sistemas de organización siempre se forman si se da por sentado que se puede tomar una decisión sobre el hecho de incorporarse o abandonar el sistema y si se pueden desarrollar reglas para tomar esta decisión. Esta suposición también puede formularse en relación con el problema de la contingencia. La organización presume que el rol de los miembros en el sistema es contingente, es decir, que un no miembro podría llegar a ser miembro, pero que también los miembros podrían llegar a ser no miembros; en otras palabras, que existe un fondo de reclutamiento de posibles miembros y que es posible que los mismos miembros se vayan o que se les eche. Esta es un área de contingencia. La otra está en las reglas que constituyen el rol del miembro y las reglas que se designan para determinar la conducta en las organizaciones. Estas reglas también se definen contingentemente; se aplican positivamente con base en las decisiones y, debido a esto, en su propio rol de validación se las considera contingentes en su origen, o en su mutabilidad, o por medio de la comparación con los sistemas del entorno. Ahora, estas dos áreas de contingencia pueden apoyarse entre sí y fomentarse entre sí en que ambas son prominentes y distintivas. El hecho de aumentar la improbabilidad contingente de las reglas para llegar a ser miembro y de obediencia de las reglas en los roles de la membresía se relaciona con la contingencia de mercado del personal; aumenta y limita las posibilidades de reclutamiento selectivo y de despido de la gente. En contra de esto, la movilidad del rol sólo puede desarrollarse si los contextos del rol contingentemente asequibles permanecen disponibles y listos, y pueden mantenerse inalterable e independientemente de su incumbencia particular. De este modo, la relación entre estas dos áreas de variación (de la incorporación o desincorporación y de las reglas) no es contingente, o es menos contingente que las dos áreas: las reglas y los miembros pueden alterarse, pero sólo con tal de que haya un interés por mantener la capacidad para relacionar las reglas con los miembros y los miembros con las reglas. En este sentido, el mecanismo de organización puede caracterizarse en términos de la sistematización de las relaciones —ya sean no contingentes o menos contingentes— entre las contingencias. Su racionalidad se basa en la relación de las relaciones. En esto, el hecho de sacar relaciones de contingencia tiene un efecto autoselectivo en sus propias posibilidades; porque incluso las selecciones susceptibles y extravagantes no permitirían ser combinadas caprichosamente.[201]

De este modo, la organización es un modo particular de formar sistemas al aumentar y reducir las contingencias. Este principio se lleva hacia los sistemas organizativos y se formula por medio de *cargos* de identificación. Cada cargo indica un punto que une programas conductuales contingentes (= condiciones para la corrección de la conducta), y relaciones de comunicación contingentes, en cada caso, con una persona contingente. La identidad del cargo es lo único que permite que estos diferentes aspectos surjan como contingentes. Al mismo tiempo, esta identidad, como punto de referencia para hacer conexiones, reduce la arbitrariedad de estas contingencias, ya que no toda persona y no toda red de comunicación es apropiada para cada deber. De este modo, bajo condiciones cada vez más restrictivas, la contingencia puede especificarse con una improbabilidad cada vez mayor vinculada a ella. Debido a eso, surge un constructo más o menos no contingente del enlace de elementos que podrían ser todos diferentes. Con el elemento contingente haciéndose más complejo, el hecho de llevarlo hacia relaciones sirve, como lo hace la intercontingencia, para reducir la complejidad. Mientras que los escolásticos aún sentían que la simplicidad era necesaria y que la combinación era contingente,[202] y por eso sostenían que «Ex multis contingentibus non potest fieri unum necessarium»,[203] hoy en día tenderíamos a deplorar la incomodidad de las organizaciones y la inflexibilidad de las estructuras obsoletas, en otras palabras, a lamentar que la contingencia se haya hecho necesaria.

---

201. El modelo para este argumento se encontrará en la teoría de la moralidad y de la ley de Kant como condiciones para la coexistencia de la libertad de sujetos diferentes.

202. Así, Duns Escoto, *Ordinatio I* Dist. 39.

203. Sto. Tomás de Aquino, *Summa contra Gentiles* III, capítulo 86.

Aquí ni siquiera es posible describir a grandes rasgos una teoría simple de la organización sobre esta base. Sin embargo, en el contexto de una teoría del poder, debemos considerar algunas de sus implicaciones para la formación y eliminación del poder en las organizaciones. Se sobrentiende que la construcción de organizaciones cambia lo que es socialmente posible precisamente en el área donde está involucrado el poder. El código del poder establecido a través de la sociedad como un todo, en una variedad de modos, señala esta posibilidad de hacer posibles nuevas combinaciones de poder y de restringirlas por medio de la organización. Y, el hecho de centralizar la distribución de las bases del poder y de emplear el poder como un catalizador en la formación de la organización, pone en juego esta posibilidad. Al mismo tiempo, sería poco realista considerar a los sistemas organizacionales solamente como un aparato instrumental, como el brazo prolongado del portador de poder.[204] Nuevamente, esto sólo es una réplica de la autopresentación simbólica del código del poder, no una teoría del poder empíricamente satisfactoria. En realidad, la relación entre el medio societal y la organización, como un tipo de sistema, es mucho más compleja.

1. Comenzaremos este análisis con la consideración de que el cambio hacia un nivel diferente y hacia un principio diferente de formación de sistemas hace posible, al mismo tiempo, *convertir* al medio de comunicación de una manera que otro modo no se permitiría en el nivel de la sociedad más amplia. Por *conversión* se entiende el hecho de que el

---

204. Esta consideración se encuentra explícitamente en la amalgamación de Max Weber de los conceptos de dominio y personal administrativo, dominio y administración, dominio y organización. Véase Weber (1948, pp. 29 ss., 607 ss.). Pero incluso se encuentran simplificaciones similares en análisis más recientes, por ejemplo, cuando Stinchcombe (1968, pp. 149 ss.) juzga los canales de poder en las organizaciones desde el punto de vista de las cadenas de obediencia y de la aserción del portador de poder sobre los efectos futuros de la acción del último eslabón de la cadena. Para los análisis críticos compárese especialmente Bendix (1945) y Schluchter (1972).

tener a nuestra disposición posibilidades de influencia de acuerdo con las precondiciones de un medio, puede usarse para ganar influencia de acuerdo con las condiciones de otro medio, por ejemplo, cambiar el conocimiento en poder a través de la habilidad para averiguar y confirmar verdades que aumentan el potencial de amenaza; o cambiar la influencia basada en la propiedad o en el dinero en influencia basada en el poder.

Un sistema societal que se diferencia de cualquier manera y que simboliza distintivamente varios medios de comunicación, también debe asegurar siempre que estos medios no se transmuten entre sí a voluntad, porque eso desacreditaría el simbolismo de los medios y destruiría la diferenciación entre ellos. De este modo, existen barreras más efectivas para la venta directa de verdades, amor o poder.[205] Por supuesto, el dinero, para citar sólo este ejemplo, tiene influencia sobre la producción de las verdades. La persona que puede financiar una investigación, también puede dirigir la elección del tema. Sin embargo, no existe un pago directo de las afirmaciones verdaderas o falsas, mucho menos una correlación de modo tal que el dinero pueda ser cambiado directamente por verdad sin la mediación del código específico del otro medio. Estas equivalencias directas se excluyen en que las verdades están problematizadas y tienen que pasar a través de los controles particulares de un código especial. Al calcular el financiamiento de la investigación, surgen consideraciones sobre la relación entre los gastos y las ganancias, pero quedan limitadas a su propio contexto de evaluación. No pueden extenderse hacia los argumentos a favor o en

---

205. También debemos advertir que el dinero, como un medio especializado para los intercambios, es menos sensible a las conversiones y que las barreras para proteger a los otros medios tienen que ser institucionalizadas. Con respeto al dinero, inicialmente no hay razones para que el poder, el amor o la verdad no debieran también ser vendibles. Esto muestra que los sistemas sociales con una diferenciación alta de medios al mismo tiempo tienden a desarrollar una primacía funcional para la economía. Sin embargo, un análisis más profundo muy pronto mostraría que cualquier influencia monetaria sobre la diferencia entre la verdad y la falsedad destruiría la base para el sistema monetario.

contra de la verdad de afirmaciones particulares. De este modo, los fondos típicos de investigación se relacionan con las organizaciones que emprenden la investigación y con los recursos necesarios, pero no con el contexto de afirmaciones (verdaderas o falsas), es decir, no interfieren directamente con el esquematismo binario del otro medio.

Este ejemplo ya nos muestra el tipo de solución en que estamos interesados: la confrontación directa entre los medios, sus valores respectivos y sus directivas conductuales y su amalgamamiento se puede evitar al cambiar el sistema de referencia y al cambiar el problema de la conversión en el campo de la organización. Uno no financia las verdades, sino las organizaciones que se ocupan con relativo éxito de explorar e indagar verdades o falsedades. *Mutatis mutandis*, una situación similar resulta con la conversión de la propiedad y el dinero en poder.

En el nivel de los sistemas societales parciales de la economía y de la política existen barreras normativas inicialmente importantes para la convertibilidad directa del dinero y del poder. La influencia política no debe depender de la riqueza del individuo y, en la sociedad contemporánea, de hecho depende menos de esto que en el caso de sus predecesoras históricas.[206] La oportunidad para determinar el contenido de las leyes no se remata al mejor postor. De modo similar ocurre lo contrario, las provisiones constitucionales contra la expropiación evitan que el poder político actúe con el objeto de sacar un provecho directo o incluso que enriquezca a sus portadores.[207]

Sin embargo, debajo de estas barreras, el medio de la

---

206. Por supuesto, aquí no estamos discutiendo el hecho de que existe una correlación entre la situación económica y la participación política de la gente y, sobre todo, no discutimos el hecho de que la división en clases sociales demanda esta correlación. Sin embargo, al mismo tiempo, el simbolismo del código dirigido en contra de la convertibilidad está tan fuertemente institucionalizado que incluso los científicos se enojan por estas correlaciones y exigen medidas en su contra, en vez de tomarlas como un signo de orden y disfrutarlas.

207. Sobre esto véase también Luhmann (1973*b*, pp. 14 ss.).

economía puede usarse para dar fuerza persuasiva a los sistemas organizacionales o incluso para emplear la propiedad, salvaguardada por la ley, en la tierra o en otros bienes para lograr que sean posibles, en forma bastante simple, las condiciones elementales para el trabajo organizado.[208] En esta función, al medio de la economía también se le llama capital. Entonces, las organizaciones formadas con capital (basadas en una división de propiedad/no propiedad) definen las condiciones para la incorporación y el abandono y para el sometimiento a los poderes directivos y, de este modo, constituyen el poder autónomo. Esto se aplica tanto al Estado como a las burocracias privadas.

Es usual sospechar y sostener que ésta es la manera como se acumula el poder inmerecido en el dueño de propiedad. Puede que sea así.[209] Esta ansiedad misma, por su parte, refleja las barreras para la convertibilidad establecida en el código de los medios. Mientras tanto, dentro de la organización, entra en juego una lógica peculiar de estructuras sociales que cambia las condiciones en que son necesarias las barreras de la convertibilidad. Si el dinero es un medio general para darle atractivos al sistema, no puede —o sólo en un grado muy limitado— también ser un medio para la motivación *ad hoc*. El cambio desde el dinero al poder debe, en mayor o menor grado, lograrse en todas las categorías. Sin embargo, justamente esto es lo que evita que ocurra la amalgamación del código. Además, al construir sistemas de poder organizados en forma compleja, se obtienen muy rápidamente límites últimos para la posibilidad de concentrar el poder en las manos de uno o más dueños de propiedad. Desde entonces, la situación de poder en la organización se torna un problema que ya no puede resolverse al recurrir

---

208. Compárese particularmente Commons (1932).

209. En esta etapa, no podemos y no deseamos entrar en la discusión extensa del problema del poder real de los dueños de propiedad dentro de sus *propios* sistemas organizativos. Como una introducción reciente para este problema véase Pondy (1970).

directamente a los criterios económicos en la administración de la propia propiedad. Entonces, el dueño de propiedad tiene un acceso favorecido a cargos en la organización, desde los que puede ejercer el poder de acuerdo con las condiciones de la organización, no con las de la persona. Las limitaciones de estas oportunidades se conocen a través de las numerosas investigaciones sobre los problemas de reclutar sucesores en los negocios familiares.[210] Desde un punto de vista económico, se torna irracional el juntar la tenencia de cargos con la propiedad y el confiar que en una sola persona se dé coincidencia casual de bienes y la habilidad. El dueño retiene una amenaza potencial: la posibilidad de retirar sus fondos del negocio. Pero aquí, desde el punto de vista de la técnica del poder, está en desventaja en comparación con una persona que ya se ha comprometido y ha entregado liquidez.[211] De aquí, para los oponentes potenciales, sale la posibilidad de explotar al dueño, ya que su poder para liquidar sus bienes es demasiado grande como para ejercerse dentro de la organización.

Estas pocas observaciones deben ser suficientes para mostrar cómo puede llevarse a cabo la transmutación del dinero en poder con la ayuda de la complejidad de los sistemas de organización, sin ninguna amalgamación frustrante de los códigos. De este modo, la unión genética entre el poder recién formado, la propiedad y el dinero, es menos problemática. Por otro lado, la diferenciación entre los sistemas societales y los sistemas sociales organizados que hacen posible esto, al mismo tiempo tiene el efecto de separar al poder organizacional del poder político formado en el sistema societal. Y, a largo plazo, esto podría convertirse en el mayor problema.[212]

---

210. Véase como un ejemplo, Sofer (1961).

211. Compárese bajo los puntos de vista de la teoría general del poder Abramson *et al.* (1958).

212. Los análisis de los problemas políticos del capitalismo reciente también apuntan (involuntariamente) en esa dirección; en estos análisis, la dimensión *privada* permanece característicamente débil y rudimentaria, mientras que la rigidez

2. Mientras que el poder organizativo formal descansa en la competencia para dar directivas oficiales, cuyo reconocimiento es una condición de la membresía y que, de este modo, puede sancionarse por medio del despido, el poder actual de las organizaciones depende mucho más de la influencia sobre las carreras. De este modo, no depende tanto de la disposición de los miembros como de la disposición de los cargos ocupados, de aquellas facultades de decisión que el servicio civil oficial llama la «superioridad en asuntos de personal». Con el objeto de usar términos breves y concisos, hablaremos de poder organizacional y de poder personal.

En ambos, la base del poder es la misma: el control sobre la contingencia, sobre sí y no en relación con los roles deseados. Esto se transforma en una base de poder en la medida en que se desarrollan intereses, incumbencias o expectativas, cuya eliminación o descuido pueden funcionar como una alternativa de evitación. Sin embargo, los dos tipos de poder difieren entre sí en aspectos importantes. El poder organizacional se relaciona con los miembros como un todo, el poder personal con el modo en que aparece un empleo que se ocupa o se desea. Si la calidad de miembro es atractiva del todo, puede ser y ordinariamente es ampliamente ventajosa sobre toda una gama de diferentes tipos de empleos y de condiciones laborales.[213]

De este modo, el asunto de permanecer en el sistema no surge con cada cambio de cargo y, especialmente, no ocurre en cada ocasión de «no ser tomado en cuenta» cuando se asignan los cargos. Correspondientemente, el retiro de los derechos de ser miembro por razones disciplinarias sólo muy rara vez cobra seria importancia y uno puede protegerse contra esto sin mucho problema al cumplir exigencias

---

política de las organizaciones constituidas en forma privada se pronuncia claramente. Compárese por ejemplo Offe (1972). Entonces, la pregunta es si esto puede diferir en el poder organizacional constituido públicamente, si y en tanto que la motivación para la incorporación y el abandono aquí también está condicionada por el dinero o por la seguridad definida por el dinero.

213. Compárese Barnard (1938, pp. 139 ss.); Simon (1955, pp. 71 ss.).

mínimas y al no ser abiertamente sedicioso. Por otro lado para abrirse paso en el sistema se necesita mucho más; y el poder personal puede aplicarse a cualquiera que tenga estos deseos.

Esta diferencia se relaciona con el hecho d que el poder organizacional es sensible en un grado mucho mayor a las condiciones situacionales de corto alcance. En las recesiones económicas crece el peligro de despido y, con él, la disposición para acatar las normas y ser excesivamente obediente. Una economía que disponga de pleno empleo tiene el efecto contrario. El poder personal queda relativamente sin tocarse por estos altibajos, porque siempre existe una escasez de cargos atractivos. Por lo tanto, los sistemas de organización que, debido a la situación económica o, como las organizaciones del Estado y de la Iglesia, debido a las garantías legales del ejercicio, tienen a su disposición sólo un grado pequeño de poder organizacional, deben poder recurrir en un grado mayor al poder personal, o casi desistir de influenciar a su personal por medio del uso del poder. En consecuencia, los límites del poder organizacional están en la escasez de personal utilizable, mientras que los límites del poder personal están en la escasez de cargos atractivos en el sistema organizacional. La sanción del poder organizacional, el despido, ocurre muy rara vez; se demuestra muy claramente que es una alternativa de evitación negativa por ambas partes; siempre tiene un carácter oficial. La sanción a través del poder personal ocurre más frecuentemente de acuerdo con la movilidad en el sistema, pero de una forma menos obvia. En él, las consideraciones circunstanciales se mezclan con las sanciones positivas y negativas. Simplemente puede consistir en preferir a otros aspirantes para el cargo y sólo puede aparecer como una sanción negativa para los que son rechazados. Se basa más en la anticipación y en la atribución de intenciones. Por lo tanto, para el portador de poder no necesita ser una alternativa que se tenga que evitar. A pesar de todo, no podrá optimizar simultáneamente la cantidad de consideración dada a calificación *y* la manipulación de las recompensas y del poder sancionador en su política de empleo, porque en casos individuales esto exigiría decisiones diferentes. Los *costos* de esta alternativa de evitación no se tornan tan significativos en los casos individuales como en el funcionamiento colectivo y en lo racional del enfoque.[214]

Finalmente, la relación con el marco formal de las reglas en el sistema organizacional es correspondientemente diferente. El poder organizacional con su propia contingencia, sirve para estabilizar estas reglas contingentes. Tiene un carácter oficial. Contra esto, el poder personal tiende a debilitarse si se le ata a reglas formales para la tenencia de cargos, para los criterios, para los análisis del trabajo o para las evaluaciones normalizadas del personal. Usa la referencia para estas reglas más bien como un camuflaje, como una excusa o un modo posible de hacer aparecer a nuestro trato negativo como el trato positivo de otra persona. El hecho de que esta posibilidad exista casi siempre, incluso va en contra del establecimiento de restricciones jurídicas sobre el poder personal en la forma de una demanda legal para determinadas decisiones del personal con respecto a sí mismo.

Precisamente debido a estas diferencias estructurales, la combinación del poder organizacional con el poder personal contiene una posibilidad de aumentar el poder. Ambas formas de poder están unificadas fundamentalmente en la jerarquía de los superiores. Incluso si se le quita la competencia sobre las decisiones acerca del personal al superior inmediato, quien por sí sólo puede operar efectivamente el poder personal,[215] retiene una influencia considerable sobre estas decisiones, por ejemplo, en las evaluaciones del personal, y esto es suficiente como una fuente de poder.[216]

---

214. Compárese sobre esto la diferenciación entre la función de selección y la función de estímulo en el sistema de promoción —el poder negativo de la sanción se retira al ser políticamente no mencionable (?)— en Mayntz (1973).

215. Blau (1956, pp. 64 ss.) hace sugerencias en esta dirección que apuntan a una disminución del poder. Por otro lado, véase Myers y Turnbull (1956). Compárese también Haritz (1974, pp. 24 ss.).

216. Si el juicio personal se usa como una alternativa de evitación que gasta

Las tendencias recientes para reformar y racionalizar los asuntos del personal en las organizaciones grandes afectan menos al poder personal a través del hecho de tratar los asuntos en forma separada; que a través de la sistematización y la complicación. Las decisiones sobre el personal pierden esa predictibilidad que necesitan usar en un contexto de poder cuando están tan racionalizadas que sólo ocurren en una situación donde coinciden varias decisiones previas sobre la evaluación del trabajo y juicios de personal sobre los empleos y los individuos. Entonces, el hecho de manipular el sistema se torna demasiado difícil, incluso para los superiores, y los subordinados se dan cuenta de que no es evidente la manera en que las actitudes positivas o negativas sostenidas por el superior afectarán la carrera del subordinado. El sistema gana transparencia en el ámbito de los criterios pero, al mismo tiempo, pierde transparencia en el ámbito de la toma de decisiones. Con una refinación suficiente de la sensibilidad, el poder de control sobre la membresía no sólo se transforma en poder sobre la tenencia de cargos, sino, en un grado aún mayor, en control sobre puntos de evaluación que podrían volverse potencialmente relevantes para las carreras. Pero el asunto es si la constelación de alternativas en las que descansa el poder producirán esta sensibilidad refinada, este interés profundo y astuto.

3. Sin embargo, podría ocurrir que fuentes de poder importantes llegaran a ser demasiado complicadas para las posibilidades prácticas de que dispone un superior. Surgen tendencias similares en el caso de las decisiones del poder. Ya

---

poder, por supuesto esto significa que los juicios negativos se deben evitar y sólo deben reservarse como una posibilidad. Sin embargo, esta función de juzgar conduce a la distorsión que favorece a los juicios positivos. Los resultados de la investigación empírica son compatibles con esto, cuando muestran que los superiores se consideran positivamente como críticos (compárese Luhmann y Mayntz (1973, p. 224); Moths y Wulf-Mathies [1973, pp. 33 s.]) y muestran que los superiores dan más juicio positivos del personal que los subordinados (compárese Kamano *et al.* [1966]).

hemos tratado varias veces una situación que tipifica el poder organizado: hace posible formaciones de cadenas de una extensión considerable y con una cantidad considerable de ramificaciones, y muy rápidamente aumenta demasiado la capacidad para el manejo de la información y las posibilidades de control[217] por parte de un sólo portador de poder. Entonces, ya no nos enfrentamos más con el caso con que cuenta la teoría clásica del poder: que el poder se *encuentra con* poder compensador y estimula la oposición. En cambio, en las organizaciones, *el poder crea poder compensador.*

En otras palabras, la tensión excesiva en el portador de poder en las organizaciones siempre puede ser explotada por otros como su propia fuente de poder, si su posición no le da discreción para actuar o no actuar. Uno no sólo puede negarle la información y, de este modo, protegerse de él; además, uno puede contar con que busque el consenso porque confía en la *cooperación* y, de este modo dejar para uno las decisiones sobre el consenso *libre* o el disentimiento. En la medida en que éste sea el caso en un contexto burocrático, una penúltima opción, es decir, la posibilidad de hacer lo que uno quiera a través del mando, se presenta antes de la alternativa final de evitación del despido o la renuncia. Esto también contribuye al poder, si uno lo mantiene en un segundo plano y lo usa lo menos posible. Entonces, con el objeto de evitar órdenes explícitas, el superior preferiría abandonar los objetivos relativamente insignificantes mientras que, por otro lado, los subordinados evitarían hábilmente llevarlo a un punto donde necesite impartir una orden.[218]

---

217. Las *posibilidades de control* también pueden examinarse como limitaciones sobre la habilidad para expresar el poder a través de la intervención personal, a través de la presencia, a través de la intervención en los sistemas de interacción. Para estos *límites para el poder personal* véase Bannester (1969, pp. 382 s.).

218. La investigación en la sociología organizacional en parte se inclina hacia el hecho de recomendar explícitamente un estilo de liderazgo tolerante y considerado. Compárese *inter alia* Roethlisberger y Dickson (1939, pp. 449 ss.); Gouldner (1954); Blau (1955, especialmente 28 ss., 167 ss.); Blau y Scott (1962, pp. 140 ss.); Schwartz (1964). Sin embargo, las voces críticas han señalado la inseguridad de esta máxima (así, Dubin [1965]), y la investigación empírica (Kahn *et al.* [1964, pp.

Si uno no relaciona estos puntos con los aumentos en la producción, como lo hace la investigación en la sociología organizacional,[219] sino más bien con los aumentos en el poder, entonces uno puede preguntar ¿el poder de quién realmente saca provecho de las reciprocidades cada vez mayores?, ¿cómo cambian las oportunidades del poder entre los superiores y los subordinados si aumenta la complejidad de sus posibles relaciones? Obviamente, la capacidad del superior para absorber la complejidad está estrechamente limitada. Ya que precisamente ésta es la fuente de poder del subordinado, se debe suponer que cada aumento en la complejidad altera la relación de poder en favor del subordinado, con el resultado de que mientras más complejo es un sistema organizacional, menos susceptible es a ser dirigido.

Realmente, en contra de las limitaciones sobre la capacidad del subordinado pueden ponerse las del superior. Si el primero carece de conocimiento, el último carece de comunicación. El poder que se acumula en los subordinados lo hace en forma individual, a lo sumo como pequeños grupos. Resulta de situaciones determinadas, permanece dependiente de la iniciativa personal y del acuerdo previo satisfactorio. En todo caso, inicialmente no puede resultar en una simple reversión, en que los subordinados asumen el poder; porque estructuralmente su poder descansa en su posición como subordinados y en la relativa impotencia de sus superiores excesivamente poderosos. Por supuesto, los subordinados individuales pueden tratar de convertirse en superiores al renunciar al poder de sus posiciones previas, pero no pueden comportarse como un caballo que trata de subirse en la montura. Si ocurre esto, tendrían que haber tendencias para colectivizar, sistematizar, domesticar y legitimizar el poder de los su-

---

161 ss.]) muestra que, en todo caso, con esta multiplicación de reciprocidades, la vida no se hace más fácil, sino que la tensión y el conflicto aumentan.

219. Naschold (1969); y Hondrich (1972) también argumentan en esta perspectiva primariamente económica con más referencia a un «aumento en el rendimiento».

bordinados. Y, de hecho, esto es lo que ocurre. Cada vez se les sugiere más a los subordinados que es bueno para ellos ejercer su poder en forma colectiva, escoger representantes y constituir comités que se encarguen de tomar decisiones. Hoy en día esta idea se está vendiendo con la ayuda de consignas tales como la participación o la codeterminación, junto con la sugerencia de falsa conciencia. De este modo, la *emancipación* se convierte en la última treta de la gerencia: negando la diferencia entre el superior y el subordinado y quitándole de este modo la base del poder al subordinado. So pretexto de igualar el poder,[220] simplemente reorganiza el poder que ya poseen los subordinados en general.

Es imposible predecir si esto puede, y cómo, tener éxito.[221] Hay algo que decir a causa de la consideración de que el poder de los subordinados, si se organiza formalmente como una colectividad, posiblemente no puede absorber su poder informal, pero tampoco puede fortalecerlo. Pero tiene que ejercerse independientemente del poder informal y bajo condiciones completamente diferentes (por ejemplo, mayor transparencia, menor elasticidad,[222] mayor potencial para el conflicto, mayor exposición a influencias externas). De este modo, una vez más la situación de poder se torna más compleja y también, debido a la organización, se independiza sólo de la materia. No debemos suponer que las colectividades ganan mucha influencia y mucha reputación para el poder,[223] pero algunos subordinados podrían aumentar su in-

220. Véase la crítica de Strauss (1963)

221. Véase la yuxtaposición de Lammers (1967) de la participación directa (legítima) y la indirecta (colectivamente organizada). Una comparación empírica de las dos formas de poder de los subordinados sería extraordinariamente difícil, especialmente si el grado de su interdependencia aún no está claro y podría variar con la combinación personal.

222. Aquí la «elasticidad» está destinada para que se relacione con el problema discutido anteriormente de las propias cadenas de decisión del portador de poder. Las colectividades tienen mayor dificultad que los individuos para revocar sus opiniones en los asuntos de poder moralizador; debido a esto, olvidan con más rapidez, especialmente en los casos de grandes cambios en el personal.

223. Así, por ejemplo, a la influencia del personal sobre los asuntos del personal en el servicio público se le tiene en baja estima y, mientras más alta es la

fluencia directa sobre sus superiores al ser miembros de estos cuadros y, al mismo tiempo, al usar su potencial de voto como una alternativa de evitación frente a sus superiores. Por otro lado, este camino también conduce al punto donde ya no vale la pena influenciar al superior porque ya no tiene poder.

Incluso antes de que comenzara la «onda de democratización» relativa a las organizaciones, Mary Parker Follet[224] formuló el asunto de la siguiente manera: «lo que hay que considerar no es la división del poder, sino ese método de organización que generará poder».[225] Un poco después, después de la crisis económica mundial, en el contexto de otro medio relacionado con la economía, surgió la idea de que la demanda por crecimiento debe ser una prioridad, porque con su ayuda podrían resolverse los problemas de la distribución, pero no viceversa.[226] Entonces, reconociendo este argumento, Parsons insistió nuevamente en que la teoría del poder tenía que desistir del supuesto de *suma cero* y en que se cuestionara asuntos de distribución relativos a cantidades variables de poder.[227] Una vez que estas preguntas se han planeado, aunque en forma demasiado extensa, es imposible volver a la noción de que uno podría asumir gradualmente, paso a paso y sin pérdida, el poder de otros dentro de la organización; o creer que la distribución de las funciones es suficiente para salvaguardar al poder de ser ejercido en forma arbitraria. Nuestro propio análisis, hecho más específicamente para las organizaciones, agregó la consideración de que el hecho de mantener el poder impotente mayor del superior es una precondición para el poder del subordinado.

---

posición, más frecuentemente es baja. Compárese los resultados de esto en Luhmann y Mayntz (1973, pp. 226, 253 s.). El resultado es particularmente impresionante si se le compara con la influencia que se le asigna a sus propios superiores. (Luhmann y Maintz [1973], pp. 223 ss.).

224. En una conferencia sobre el *poder* (enero 1925). Véase Follet (1941, p. 111).

225. Compárese la evaluación de los resultados de Schelsky (1973).

226. Véase especialmente Kaldor (1939) y Hicks (1939).

227. Véase nota 114.

En consecuencia, si uno debe considerar que las cantidades de poder son variables y si el poder cada vez mayor crea poder compensador, la solución para el problema debe estar en una diferenciación y especificación mayor de las fuentes de poder y de las comunicaciones de poder, lo que evitaría que se eliminaran entre sí los potenciales recíprocos de poder.[228] O, para decirlo de otra manera: ¿cómo puede usarse un mecanismo de selección para lograr una organización en la que la estructura asimétrica de las comunicaciones del poder se mantiene incluso en los casos de poder recíproco?

El conocimiento organizacional actual no tiene una respuesta para esto. Sin duda, una simple copia del modelo de la división de los poderes del estado haría las cosas demasiado fáciles. Este modelo tiene la función específica de hacer una diferenciación entre el uso legal e ilegal del poder, con el objeto de permitir al primero y de obstruir al último. Sin embargo, esto no bastaría, porque el poder interno a una organización en particular no puede restringirse jurídicamente en el grado requerido. Del mismo modo son inadecuadas las sugerencias sobre el aumento mutuo en la influencia que se han desarrollado en el contexto del movimiento de las *relaciones humanas*, esto es, las cadenas de influencia cada vez mayores que se vuelven sobre sí mismas, en las que *alter* acepta una influencia mayor de *ego* porque *ego* acepta una influencia mayor de *alter*.[229] Esta puede ser una posibilidad perfectamente realista incluso para los sistemas de organización, pero realmente no es compatible con la confianza en las sanciones negativas y en las alternativas de evitación y, de este modo, sería muestra de amor más que de poder.[230] En todo caso, existe un fuerte colorido emo-

---

228. Compárese van Doorn (1962, especialmente pp. 161 ss.); también la investigación sociopsicológica sobre las tendencias en la formación de normas en las situaciones de poder recíproco citadas anteriormente (nota 21).

229. Para una crítica de la premisa de suma cero sobre la base de estas ideas compárese, por ejemplo, Likert (1961, especialmente pp. 55 ss., 179 ss.); Tannenbaum (1962, especialmente pp. 247 ss.); Smith y Ari (1964).

230. Sobre esto véase también Wolfe (1959, p. 100).

cional, social y local para estas sugerencias, dejando así abierta la pregunta de hasta dónde están disponibles los aumentos en las influencias recíprocas logrados de este modo para los propósitos de adaptar el sistema al entorno y por cuánto tiempo sobrevivirán a los cambios en la estructura del personal.

Este resultado parece estar condicionado por el simple hecho de que las fuentes de poder, pero no el contenido temático del poder, pueden ser diferenciadas claramente en organizaciones; en otras palabras, por el hecho de que el poder se forma sobre diferentes bases de poder, pero no puede separarse temáticamente con satisfacción. El poder de un superior, sea el poder organizacional, el poder personal o, en último término, el poder del juicio personal, se encuentra orientado con el poder del inferior, el que se basa en alternativas de evitación bastante diferentes. Por otro lado, de la diferenciación funcional entre los sistemas organizacionales extensos basados en la división del trabajo, resulta el hecho de que los superiores y los subordinados tengan que cooperar en términos sustantivos dentro de límites relativamente estrechos. Tienen pocas oportunidades de delimitar zonas de interés de manera que el superior tenga más influencia sobre un proyecto y el subordinado sobre otro, y de modo tal que el respecto mutuo por las zonas de influencia se motive por medio del intercambio. Las interdependencias y las responsabilidades centralizadas dentro de un área de actividad diferenciada en general son demasiado altas para eso.[231] Incluso en las universidades y en las facultades en que pueden discernirse claramente áreas muy diferentes de poder, tales como exámenes, políticas de empleo, planificación de currículum, administración presupuestaria, manifestaciones políticas, etcétera, no parece haber acuerdos sobre

---

231. Las soluciones sugeridas en estos términos, de delimitar zonas de influencia, aparecen ocasionalmente en la literatura. Pero ¿es pura casualidad que para hacerse plausibles empleen ejemplos de la vida familiar? Compárese, por ejemplo, Strauss (1963, pp. 59 s.).

las zonas y áreas de tolerancia entre los grupos de poder. Frente a los muchos y diversos tipos de organización, uno no puede formular una afirmación concisa y eficaz sobre ellos; pero un aumento del poder dentro de una organización tendería a encontrarse con el dilema de que la diferenciación de las fuentes de poder no puede ajustarse por medio de una diferenciación de los temas de poder, de manera que no hay libertad para equilibrar el poder. La interdependencia dentro del sistema es demasiado alta para una mera acumulación progresiva de diferentes tipos de poder.

4. Junto con estas consideraciones y con la conciencia cada vez mayor de la posición del poder de los subordinados, surge un problema más que no puede encapsularse adecuadamente al limitar nuestra consideración al diferencial de poder y a la equiparación del poder entre superiores y subordinados, al desmantelamiento del dominio y a la democratización dentro de las organizaciones; y éste es el problema de las *relaciones de poder entre los subordinados*. Si, en las organizaciones, el poder potencial se transfiere en un grado mayor a los subordinados, el modo en que regulan la relación entre ellos mismos se torna mucho más importante. Un aumento en el poder de los subordinados los estimulará a probar su poder entre ellos mismos. El superior gana una función nueva como moderador en las luchas de poder de los inferiores.[232] Entonces, no sólo se encuentra confrontado con las diferencias de opinión y la sensibilidad de sus subordinados, sino también con un diferencial de poder entre ellos basado en la estructura o en camarillas de las que no puede librarse y en la que es un factor entre otros. Entonces,

---

232. La antigua idea del superior como un mediador en los argumentos, cuando los subordinados estaban en conflicto (compárese, por ejemplo, Schmidt y Tannenbaum [1960]), procedía del poder mayor del superior y, por consiguiente, se limitaba a desarrollar recomendaciones tácticas para el caso del conflicto entre los subordinados. La creciente balcanización de la organización y la condición venidera en que ya no existe el trabajo, sino sólo la intriga y la lucha, trae problemas bastante diferentes a la escena.

la participación obligatoria del superior tiene que asumir la función de mediar en los argumentos y de igualar el poder entre los subordinados en forma simultánea, y el asunto es si la participación de este tipo es adecuada para esta función.

Casi no se investigan los componentes del poder en los procesos de toma de decisiones de las grandes burocracias; sin embargo, los juicios de los expertos ayudan a sacar a relucir la importancia de cómo se formulan las preguntas y, al mismo tiempo, dan la impresión de que prevalece principalmente el poder dirigido negativamente de la defensa y de la obstrucción.[233] De este modo, un *sí* total resulta como la suma total de la renuncia a decir que no. Este efecto tendería a ser aumentado por medio de una política de aumentar la influencia participativa e interaccional sobre la base de la proximidad personal, del conocimiento concreto sobre el entorno y de la disposición para ser benévolo. Desde la perspectiva de una teoría del poder orientado hacia la sociedad, tal desarrollo parece una renuncia difícil de alcanzar de los aspectos técnicos del poder como se discutieron anteriormente (Capítulo V) y de la formación de cadenas de poder que pueden responder sin reservas a las iniciativas, ¡y esto en el contexto de las organizaciones! Un estudio muy interesante en el campo de la política de la comunidad en una ciudad estadounidense[234] muestra la manera en que esta reducción de poder al mero poder del veto, causado por medio de la descentralización organizacional, puede compensarse por medio de disposiciones informales y de estructuras difusas para la influencia política, con el resultado de que dentro de estas disposiciones informales el poder se torna una vez más calculable y controlable políticamente. El poder se desa-

233. Véase, por ejemplo, Dalton (1959); Sayre y Kaufman (1960, especialmente pp. 709 ss.); Burns (1961); Gournay (1964); Zals (1970); Bosetzky (1972); o la crítica de la «coordinación negativa» (la que hace una referencia implícita a los problemas del poder) en Mayntz y Scharpf (1973); también Scharpf (1973, pp. 47 ss.).

234. Banfield (1961).

rrolla, por decirlo así, a pesar de la organización. En este sistema informal de influencia política, el hecho de vencer las dificultades que resultan de la estructura formal se clasifica entre los *costos políticos* que pueden evitar —pero no necesariamente— que ocurra una acción. Entonces, la política tiene éxito en esto y, al mismo tiempo, sufre del hecho de que el poder ha alcanzado la etapa de sacrificar la eficiencia técnica.

Uno no debe subestimar el efecto real de la doctrina y de los modos de pensamiento sobre los sucesos ni la investigación sobre las organizaciones, especialmente concernientes a los tópicos relativos al poder. Una sensibilidad altamente desarrollada para el poder que se basa en la ideología y debido a eso se legitimiza, evita cualquier sondeo fuera de los límites de lo posible en la práctica y en la teoría.[235] En esto tampoco existen fundamentos independientes para la certeza empírica. A pesar de esto, es posible proceder del hecho de que los descubrimientos del análisis indican barreras intrínsecas para aumentar el poder en y a través de las organizaciones. Las barreras se detectarán más si uno aumenta la interdependencia de las decisiones en las organizaciones abandona la programación condicional para emprender la programación por objetivos. Entonces, el poder actúa cada vez menos como un mecanismo, o transfiriendo selecciones. Esto no va a negar que aún es posible vivir entre las ruinas de las organizaciones excesivamente extensas, particularmente en los pisos inferiores.

Enfrentado con esta deficiencia del poder, el movimiento de las (*human relations*), puede caracterizarse como una búsqueda de otras fuentes y formas de influencia. Sin embargo, uno no puede compensar suficientemente las imperfecciones y logros limitados de un instrumento altamente técnico como el poder formal, con formas de comunicación y de interacción que son menos técnicas, enfocadas más

---

235. El experimento hecho por Milgram (1965) se ha hecho famoso precisamente como una excepción a esta regla.

concretamente y más dependientes del contexto. Nunca será posible crear, a partir del conjunto de influencias que surge de la interacción intensificada, un equivalente para los logros organizacionales y sociales del poder tecnificado que puede usarse libre del contexto y que es capaz de iniciativas innovadoras. El error del movimiento de las *relaciones humanas* está en el hecho de derrumbar diferentes niveles de formación de sistemas, y este error se repite en forma exacta en la amalgamación de la participación y de la democracia. Si es correcta nuestra conjetura de que esto no funcionará, se torna relativamente insignificante si no funcionará en el interés del dominio o en el interés de la emancipación.

Si fuera necesario, la técnica puede hacerse el complemento de la técnica. Aquí debemos pensar principalmente en las técnicas más o menos desarrolladas para cuantificar el procesamiento de datos y para el conjunto de datos estadísticos y el control, lo que puede comenzar con la medición del rendimiento, pero también de la demanda y de los rendimientos. Con su ayuda pueden mejorarse los recursos informativos del manejo de la organización, pero esto no es todo. La conexión entre las decisiones sobre la dirección y los mecanismos de transmisión de la selección se hace más leve. Los cambios pueden relacionarse con el programa de producción, con la organización de posiciones o con el sistema personal con sus criterios para la aptitud, el logro y la remuneración. Para aquellos involucrados, los cambios no tienen una relación directa con sus propias conductas previas o con sucesos que ocurren en cualquier otra parte. Más bien, resultan de datos altamente agregados. No resultan por medio de la sanción y, de este modo, tampoco pueden amenazarse y de ningún modo son una forma de alternativa de evitación, que uno evita siempre que sea posible. Como resultado del grado de sus exigencias y del estado real de las cosas, alteran los parámetros y las premisas de toma de decisiones para una acción futura dentro del sistema. Por supuesto, las decisiones para una acción futura dentro del sistema. Por supuesto, las decisiones que conciernen a la política del sistema contribuyen a la definición y evaluación de estos fundamentos para el juicio. El control automático nunca se convertirá en automatismo lógico. Más que nunca, negamos cualquier juicio sobre la *racionalidad* de estas formas de guía. Lo que pueden lograr y aprender las técnicas relevantes aún no puede ser evaluado sociológicamente, ya que constituyen cantidades desconocidas en lo que respecta a su importancia societal. Sin embargo, en este punto surgen posibilidades para reconstruir el poder organizacional como el poder puramente formal de definir las condiciones de la membresía y de domesticarlas en sus propios contextos de reglas. Esto implicaría hacer una diferenciación más clara entre el mundo pequeño de la interacción y el mundo extenso de la organización, y jugar el juego de poder apropiado dentro de cada uno.

BIBLIOGRAFÍA

ABRAMSON, E., CUTLER, H.A., KAUTZ, R.W., MENDELSON, M. (1958): «Social Power and Commitment: A Theoretical Statement», *American Sociological Review* 23, 15-22.

ADAMS, J.S., ROMNEY, A.K. (1959): «A Functional Analysis of Authority», *Psychological Review* 66, 234-251; y con el título «The Determinants of Authority Interactions», en N.F. Washburne (ed.), *Decisions, Values and Groups*, vol. 2, Oxford, 1962, 227-256.

ANDERSEN, K., CLEVENGER, T. Jr. (1963): «A Summary of Experimental Research in Ethos», *Speech Monographs* 30, 59-78; nueva ed. en K.K. Sereno, C.D. Mortensen (eds.), *Foundations of Communication Theory*, Nueva York - Evanston - Londres, 1970, 197-221.

ARBEITSGRUPPE BIELEFELDER SOZIOLOGEN (ed.) (1973): *Alltagswissen, Interaktion und gesellschaftliche Wirklichkeit*, 2 vols., Reinbek.

ARISTÓTELES, *Política* (ed. de W.D. Ross), Oxford, 1957.

ARONSON, E., GOLDEN, B.W. (1962): «The Effect of Relevant and Irrelevant Aspects of Communicator Credibility on Opinion Change», *The Journal of Personality* 30, 135-146.

—, TURNER, J.A., CARLSMITH, J.M. (1963): «Communicator Credibility and Communication Discrepancy as Determinants of Opinion Change», *The Journal of Abnormal and Social Psychology* 67, 31-36.

ARROW, K.J. (1963): *Social Choice and Individual Values*, 2.ª ed., Nueva York.

161

ASCH, S.E. (1948): «The Doctrine of Suggestion, Prestige and Imitation in Social Psychology», *Psychological Review* 55, 250-276.

BACHELARD, G. (1938): *La formation de l'esprit scientifique: Contribution à une psychanalyse de la connaissance objective*, París.

— (1940): *La philosophie du non: Essai d'une philosophie du nouvel esprit scientifique*, París.

BACHRACH, P., BARATZ, M.S. (1962): «Two Faces of Power», *The American Political Science Review* 56, 947-952.

—, BARATZ, M.S. (1963): «Decisions and Nondecisions: An Analytical Framework», *The American Political Science Review* 57, 632-642; nueva ed. en P. Bachrach, M.S. Baratz, 1970.

—, BARATZ, M.S. (1970): *Power and Poverty: Theory and Practice*, Nueva York - Londres - Toronto.

BALDWIN, D.A. (1971a): «Money and Power», *The Journal of Politics* 33, 578-614.

— (1971b): «The Power of Positive Sanction», *World Politics* 24, 19-38.

— (1971c): «The Costs of Power», *The Journal of Conflict of Resolution* 15, 145-155.

BANFIELD, E.C. (1961): *Political Influence*, Nueva York.

BANNESTER, E.M. (1969): «Sociodynamics: An Intergrative Theorem of Power, Authority, Interfluence and Love», *American Sociological Review* 34, 374-393.

BARNARD, C.I. (1938): *The Functions of the Executive*, Cambridge, MA.

BAUM, B.H. (1961): *Descentralization of Authority in a Bureaucracy*, Englewood Cliffs, NJ.

BAUM, R.C. (1971): «On Societal Media Dynamics», Ms.

BENDIX, R. (1945): «Bureaucracy and the Problem of Power», *Public Administration Review* 5, 194-209; nueva ed. en R.K. Merton, A.P. Gray, B. Hockey, H.C. Selvin (eds.), *Reader in Bureaucracy*, Glencoe, IL, 1952.

BENSMAN, J., GERVER, I. (1963): «Crime and Punishment in the Factory: The Function of Deviance in Maintaining the Social System», *American Sociological Review* 28, 588-593.

BERGER, P.L., KELLNER, H. (1965): «Die Ehe und die Konstruktion der Wirklichkeit: Eine Abhandlung zur Mikrosoziologie des Wissens», *Soziale Welt* 16, 220-235.

—, LUCKMANN, T. (1969): *Die gesellschaftliche Konstruktion der Wirklichkeit: Eine Theorie der Wissenssoziologie, dt. Ubers*, Francfort.

BLAIN, R.R. (1971): «An Alternative to Parsons' Four Function Paradigm as a Basis for Developing General Sociological Theory», *American Sociological Review* 36, 678-692.

BLAU, P.M. (1955): *The Dynamics of Bureaucracy*, Chicago.

— (1956): *Bureaucracy in Modern Society*, Nueva York.

— (1962): «Operationalizing a Conceptual Scheme: The Universalism-Particularism Pattern Variable», *American Sociological Review* 27, 159-169.

— (1964): *Exchange and Power in Social Life*, Nueva York - Londres - Sydney.

—, SCOTT, W.R. (1962): *Formal Organizations: A Comparative Approach*, San Francisco.

BLUM, A.F., MCHUGH, P. (1971): «The Social Ascription of Motives», *American Sociological Review* 36, 98-109.

BLUMENBERG, H. (1963): *Lebenswelt und Technisierung unter den Aspekten der Phänomenologie*, Turín.

— (1972): «The Life-World and the Concept of Reality», en L. Embree (ed.), *Life-World and Consciousness*, Evanston, IL, 425-444.

BONOMA, T.V., TEDESCHI, J.T., LINDSKOLD, S. (1972): «A Note Regarding an Expected Value Model of Social Power», *Behavioral Science* 17, 221-228.

BOSETZKY, H. (1972): «Die instrumentelle Funktion der Beförderung», *Verwaltungsarchiv* 63, 372-384.

BUCHER, R. (1970): «Social Process annd Power in a Medical School», en M.N. Zald (ed.), *Power in Organizations*, Nashville, TN, 3-48.

BUCKLEY, W. (1967): *Sociology and Modern Systems Theory*, Englewood Cliffs, NJ.

BÜNGER, P. (1946): *Quellen zur Rechtsgeschichte der T'ang-Zeit*, Pekín.

BURKE, K. (1961): *The Rhetoric of Religion*, Boston.

BURNS, T. (1954): «The Direction of Activity and Communication in a Departmental Executive Group», *Human Relations* 7, 73-97.

— (1961): «Micropolitics: Mechanisms of Institutional Change», *Administrative Science Quarterly* 6, 257-281.

CALASSO, F. (1951): *I Glossatori e la teoria della sovranità*, Mailand.

CARLSMITH, J.M., ARONSON, E. (1963): «Some Hedonic Consequences of the Confirmation and Disconfirmation of Expectancies», *The Journal of Abnormal and Social Psychology* 66, 151-156.

CARTWRIGHT, D., ZANDER, A. (1968): «Power and Influence Groups: Introduction», en D. Cartwright, A. Zander (eds.), *Group Dynamics: Research and Theory*, 3.ª ed., Nueva York - Evanston - Londres, 215-235.

CHAZEL, F. (1964): «Réflexions sur la conception parsonienne du pouvoir et de l'influence», *Revue Française de Sociologie* 5, 387-401.

CHENNEY, J., HARFORD, T., SOLOMON, L. (1972): «The Effects of Communicating Threats and Promises upon the Bargaining Process», *The Journal of Conflict Resolution* 16, 99-107.

CLAESSENS, D. (1965): «Rationalität revidiert», *Kölner Zeitschrift für Soziologie und Sozialpsychologie* 17, 465-476; nueva ed. en D. Claessens, *Angst, Furcht und gesellschaftlicher Druck, und andere Aufsätze*, Dortmund, 1966, 116-124.

CLARK, K.B. (1965): «Problems of Power and Social Change: Toward a Relevant Social Psychology», *The Journal of Social Issues* 21, 3, 4-20.

CLAUSEN, L. (1972): «Tausch», *Jahrbuch für Sozialwissenschaft* 23, 1-15.

COHN, B.S. (1965): «Antropological Notes on Disputes and Law in India», *American Anthropologist* 67, II 6, 82-122.

COMMONS, J.R. (1932): *Legal Foundations of Capitalism*, Nueva York.

COSER, L.A. (1967): *Cotinuities in the Study of Social Conflict*, Nueva York - Londres.

CROZIER, M. (1963): *Le phénomène bureaucratique*, París.

DAHL, R.A. (1957): «The Concept of Power», *Behavioral Science* 2, 201-215.

— (1968): «Power», en *Encyclopedia of the Social Sciences*, vol. 12, Nueva York, 405-415.

DALTON, M. (1959): *Men Who Manage*, Nueva York - Londres.

DANZGER, M.H. (1964): «Community Power Structure: Problems and Continuities», *American Sociological Reiew* 29, 707-717.

DEUTSCH, K.W. (1969): *Politische Kybernetik: Modelle und Perspektiven*, Friburgo-Brsg.

DOORN, J.A.A. van (1962-1963): «Sociology and the Problem of Power», *Sociologia Neerlandica* 1, 3-51.

DOUGLAS, M. (1966): *Purity and Pollution: An Analysis of the Concepts of Pollution and Taboo*, Londres.

DUBIN, R. (1961): «Psyche, Sensitivity, and Social Structure», en R. Tannenbaum, I. Weschler, F. Massarik, *Leadership and Organization*, Nueva York - Toronto - Londres, 401-415.

— (1963): «Power, Function, and Organization», *The Pacific Sociological Review* 6, 16-24.

— (1965): «Supervision and Productivity: Empirical Findings and Theoretical Considerations», en R. Dubin *et al.*, *Leadership and Productivity: Some Facts of Industrial Life*, San Francisco, 1-50.

164

DUNS ESCOTO, J. (1963): *Opera omnia*, vol. VI, Ciritas Vaticana.

DUYVENDAK, J.J.L. (1928): *The Book of Lord Shang: A Classic of the Chinese School of Law*, Londres.

EIGEN, M. (1971): «Selforganization of Matter and the Evolution of Biological Macromolecules», *Die Naturwissenschaften* 58, 465-523.

EISENSTADT, S.N. (1963): *The Political Systems of Empires*, Nueva York - Londres.

— (ed.) (1971): *Political Sociology: A Reader*, Nueva York - Londres.

ELIAS, N. (1970): *Was ist Soziologie?*, Múnich.

EMERSON, M. (1962): «Power-Dependence Relations», *American Sociological Review* 27, 31-41.

ESMEIN, A. (1913): «La maxime princeps legibus solutus est dans l'ancien droit public français», en P. Vinogradoff (ed.), *Essays in Legal History*, Londres, 201-214.

EVAN, W.M. (1965): «Superior-Subordinate Conflict in Research Organizations», *Administrative Science Quarterly* 10, 52-64.

FANON, F. (1961): *Les damnés de la terre*, París (trad. alem., *Die Verdammten dieser Erde*, Francfort, 1966).

FISHER, R. (1969): *International Conflict for Beginners*, Nueva York - Evanston - Londres.

FOLLET, M.P. (1941): «Power», en H.C. Metcalf, L. Urwick (eds.), *Dynamic Administration: The Collected Papers of Mary Parker Follet*, Londres - Southampton, 95-116.

FRENCH, J.R.P., SNYDER, R. (1959): «Leadership and Interpersonal Power», en D. Cartwright (ed.), *Studies in Social Power*, Ann Arbor, 118-149.

FRIED, M.H. (1967): *The Evolution of Political Society*, Nueva York.

FRIEDRICH, C.J. (1941): *Constitutional Government and Democracy*, Boston.

— (1958): «Authority, Reason, and Discretion», en C.J. Friedrich (ed.), *Authority (Nomos I)*, Nueva York.

— (1963): *Man and His Government*, Nueva York.

GAMSON, W.A. (1968): *Power and Discontent*, Homewood, IL.

GARFINKEL, H., SACKS, H. (1970): «On Formal Structures of Practical Actions», en J.C. McKinney, E.A. Tiryakian (eds.), *Theoretical Sociology: Perpectives and Developments*, Nueva York, 327-366.

GESSNER, V. (1974): «Recht und Konflikt: Eine soziologische Untersuchung privatrechtlicher Konflikte in Mexiko», Ms.

GIDDENS, A. (1968): «"Power" in the Recent Writings of Talcott Parsons», *Sociology* 2, 257-272.

GOODMAN, N. (1965): *Fact, Fiction, and Forecast*, 2.ª ed., Indianápolis.

GOODY, J. (1973): «Evolution and Communication», *The British Journal of Sociology* 24, 1-12.

—, WATT, I. (1963): «The Consequences of Literacy», *Comparative Studies in Society and History* 5, 304-345.

GOULDNER, A.W. (1954): *Patterns of Industrial Bureaucracy*, Glencoe, IL.

— (1971): *The Coming Crisis of Western Sociology*, Londres.

GOURNAY, B. (1964): «Un groupe dirigeant de la société française: Les grands fonctionnaires», *Revue Française de Science Politique* 14, 215-242.

GRUNOW, D. (1972): *Ausbildung und Sozialisation im Rahmen organisationstheoretischer Personalplanung*, Stuttgart.

GÜNTHER, G. (1959): *Idee und Grundriß einer nicht-Aristotelischen Logik*, vol. I, Hamburgo.

— (1967): *Logik, Zeit, Emanation und Evolution*, Köln - Opladen.

GUEST, R.H. (1962): *Organizational Change: The Effect of Successful Leadership*, Homewood, IL.

GUZMÁN, G., BORDA, O.F., LUNA, E.U. (1962): *La violencia en Colombia. Estudio de un proceso social*, Bogotá.

HABERMAS, J. (1973): *Legitimationsprobleme im Spätkapitalismus*, Francfort.

—, LUHMANN, N. (1971): *Theorie der Gesellschaft oder Sozialtechnologie — Was leistet die Systemforschung?*, Francfort.

HAHM, P.-C. (1967): *The Korean Political Tradition and Law*, Seul.

HAN FEI TZU (1964): *Basic Writings (translated by Burton Watson)*, Nueva York - Londres.

HARITZ, J. (1974): *Personalbeurteilung in der öffentlichen Verwaltung*, Diss. Bielefeld.

HARSANYI, J.C. (1962a): «Measurement of Social Power, Opportunity Costs and the Theory of Two-Person Bargaining Game», *Behavioral Science* 7, 67-80.

— (1962b): «Measurement of Social Power in n-Person Reciprocal Power Situations», *Behavioral Science* 7, 81-91.

HEJL, P. (1971-1972): «Komplexität, Planung und Demokratie: Sozialwissenschaftliche Planungstheorien als Mittel der Komplexitätsreduktion und die Frage der Folgeproblem» (tesis doctoral), Berlín.

HELLER, H. (1933): «Political Power», en *Encyclopedia of the Social Sciences*, vol. 11, 300-305.

HEYDTE, F.A.F. v.d. (1952): *Die Geburtsstunde des souveränen Staates*, Regensburgo.

HICKS, J.R. (1939): «The Foundations of Welfare Economics», *Economic Journal* 49, 696-712.

HININGS, C.R., HICKSON, D.J., PENNINGS, J.M., SCHNECK, R.E. (1974): «Structural Conditions of Intraorganizational Power», *Administrative Science Quarteren* 19, 22-44.

HIRSCH-WEBER, W. (1969): *Politik als Interessenkonflikt*, Stuttgart.

HOLLANDER, E.P. (1960): «Competence and Conformity in the Acceptance of Influence», *The Journal of Abnormal and Social Psychology* 61, 365-369.

HOLM, K. (1969): «Zum Begriff der Macht», *Lölner Zeitschrift für Soziologie und Sozialpsychologie* 21, 269-288.

HOMANS, G.C. (1964): «Bringing Men Back», *American Sociological Review* 29, 809-818.

HONDRICH, K.O. (1972): *Demokratisierung und Leistungsgesellschaft*, Stuttgart.

HOVLAND, C.J., JANIS, I.L., KELLEY, H.H. (1953): *Communication and Persuasion: Psychological Studies of Opinion Change*, New Haven.

HUSSERL, E. (1954): *Die Krisis der europäischen Wissenschaften und die transzendentale Phänomenologie*, en *Husserliana*, vol. VI, La Haya.

JANDA, K.F. (1960): «Towards the Explication of the Concept of Laedership in Terms of the Concept of Power», *Human Relations* 13, 345-363.

JESSOP, R.D. (1969): «Exchange and Power in Structural Analysi», *The Sociological Review* 17, 415-437.

JONES, E.E. *et al.* (1971): *Attribution: Perceiving the Causes of Behavior*, Morristown, NJ.

JORDAN, N. (1965): «The Asymmetry of Liking and Research», *Public Opinion Quarterly* 29, 315-322.

KAHN, R.L., WOLFE, D.M., QUINN, R.P., SNOEK, D.J. (1964): *Organizational Stress: Studies in Role Conflict and Ambiguity*, Nueva York - Londres - Sydney.

KALDOR, N. (1939): «Welfare Propositions in Economics and Interpersonal Comparison of Utility», *Economic Journal* 49, 549-552.

KAMANO, D.K., POWELL, B.J., MARTIN, L.K. (1966): «Relationsships between Ratings Assigned to Supervisors and Their Ratings of Subordinates», *Psychological Reports* 18, 158.

KANOUSE, D.E., HANSON, L.R. Jr. (1971): «Negativity in Evaluations», en E.E. Jones *et al.*, 1971, 47-62.

167

KAPLAN, A. (1964): «Power in Perpective», en R.L. Kahn, E. Boulding (eds.), *Power and Conflict in Organisations*, Londres, 11-32.

KAWASHIMA, T. (1968): «The Notion of Law, Right and Social Order in Japan», en C.A. Moore (ed.), *The Status of the Individual in East and West*, Honolulu, 429-447.

KEISNER, R.H. (1969): «Affective Reactions to Expectancy Disconfirmations under Public and Private Conditions», *The Journal of Personality and Social Psychology* 11, 17 24.

KELLEY, H.H. (1967): «Attribution Theory in Social Psychology», *Nebraska Symposium on Motivation*, 192-238.

KELLY, G.A. (1958): «Man's Construction of His Alternatives», en G. Lindzey (ed.), *Assessment of Human Motives*, Nueva York, 33-64.

KELSEN, H. (1960): *Vom Geltungsgrund des Rechts, Festschrift Vedross*, Viena, 157-165.

KRAUSE, H. (1952): *Kaiserrecht unnd Rezeption*, Heidelberg.

KRYSMANSKI, H.J. (1971): *Soziologie des Konflikts*, Reinbek.

KUHN, T.S. (1967): *Die Struktur wissenschaftlicher Revolutionen*, Francfort.

LAMMERS, C.L. (1967): «Power and Participation in Decisionmaking in Formal Organizations», *The American Journal of Sociology* 73, 204-216.

LAZARUS, R.S. (1968): «Stress», en *International Encyclopedia of the Social Sciences*, vol. 15, Nueva York, 337-348.

LEACH, E.R. (1964): «Anthropological Aspects of Language: Animal Categories and Verbal Abuse», en E.H. Lenneberg (ed.), *New Directions in the Study of Language*, Cambridge, MA, 23-63.

LEFCOURT, H.M. (1966): «Internal Versus External Control of Reinforcement», *Psychological Bulletin* 65, 206-220.

LEHMAN, E.A. (1969): «Toward a Macrosociology of Power», *American Sociological Review* 34, 453-465.

LESSNOFF, M.H. (1968): «Parsons' System Problems», *The Sociological Review* 16, 185-215.

LEWIS, G.C. (1849): *An Essay on the Influence of Authority in Matters of Opinion*, Londres.

LIKERT, R. (1961): *New Patterns of Management*, Nueva York - Toronto - Londres.

LIPP, W. (1972): «Anomie, Handlungsmöglichkeit, Opportunismus: Grenzfragen der Systemtheorie», *Zeitschrift für die gesamte Staatswissenschaft* 128, 344-370.

LOH, W. (1972): *Kritik der Theorieproduktion von N. Luhmann und Ansätze für eine kybernetische Alterrnative*, Francfort.

Lovejoy, A.O. (1936): *The Great Chain of Being: A Study of the History of an Idea*, Cambridge, MA.

Luhmann, N. (1964): *Funktionen und Folgen formaler Organisation*, Berlín.

— (1965): *Grundrechte als Institution*, Berlín.

— (1969a): *Legitimation durch Verfahren*, Neuwied-Berlín.

— (1969b): «Klassische Theorie der Macht: Kritik ihrer Prämissen», *Zeitschrift für Politik* 16, 149-170.

— (1970): *Soziologische Aufklärung: Aufsätze zur Theorie sozialer Systeme*, Köln-Opladen.

— (1971a): *Politische Planung: Aufsätze zur Soziologie von Politik und Verwaltung*, Opladen.

— (1971b): «Sinn als Grundbegriff der Soziologie», en Habermas, Luhmann, 1971, 25-100.

— (1972a): «Knappheit, Geld und die bürgerliche Gesellschaft», *Jahrbuch für Sozialwissenschaft* 23, 186-210.

— (1972b): *Rechtssoziologie*, Reinbeck.

— (1972c): «Einfache Sozialsysteme», *Zeitschrift für Soziologie* 1, 51-65.

— (1972d): «Religiöse Dogmatik und gesellschaftliche Evolution», en K.-W. Dahm, N. Luhmann, D. Stoodt, *Religion, System und Sozialisation*, Neuwied-Darmstadt, 15-132.

— (1973a): *Die juristische Rechtsquellenlehre aus soziologischer Sicht*, Festschrift René König, Opladen, 387-399.

— (1973b): «Politische Verfassungen im Kontext des Gesellschaftssystems», *Der Staat* 12, 1-22, 165-182.

— (1973c): «Zurechnung von Beförderungen im öffentlichen Dienst», *Zeitschrift für Soziologie* 2, 326-351.

— (1973d): «Symbiotische Mechanismen», Ms., Bielefeld.

— (1973e): «Die Funktion des Rechts: Erwartungssicherung oder Verhaltenssteuerung?», Ms., Madrid.

— (1974a): *Rechtssystem und Rechtsdogmatik*, Stuttgart - Berlín - Köln - Mainz.

— (1974b): «Der politische Code: "Konservativ" und "progressiv" in systemtheoretische Sicht», *Zeitschrift für Politik* 21, 253-271.

—, Mayntz, R. (1973): *Personal im öffentlichen Dienst: Eintritt und Karrieren*, Baden-Baden.

Macaulay, J., Berkowitz, L. (eds.) (1970): *Altruism and Helping Behavior: Social Psychological Studies of Some Antecedents and Consequences*, Nueva York - Londres.

Maciejewski, F. (1972): «Sinn, Reflexion und System: Über die vergessene Dialektik bei Niklas Luhmann», *Zeitschrift für Soziologie* 1, 138-155.

MACKAY, D. (1969): *Information, Mechanism and Meaning*, Cambridge, MA - Londres.

— (1972): «Formal Analysis of Communicative Processes», en R.A. Hinde (ed.), *Non-verbal Communication*, Cambridge, Ingl., 3-25.

MAIER, A. (1947): «Diskussionen über das aktuell Unendliche in der ersten Hälfte des 14. Jahrhunderts», *Divus Thomas* 25, 147-166, 317-337.

MANNHEIM, K. (1927): «Das konservative Denken: Soziologische Beiträge zum Werden des politisch-historischen Denkens in Deutschland», *Archiv für Sozialwissenschaft und Sozialpolitik* 57, 68-142, 470-495.

MARCH, J.G. (1966): «The Power of Power», en D. Easton (ed.), *Varieties of Political Theory*, Englewood Cliffs, NJ, 39-70.

—, SIMON, H.A. (1958): *Organizations*, Nueva York.

MARSHALL, L. (1961): «Sharing, Talking, and Giving: Relief of Social Tensions Among the !Kung Bushmen», *Africa* 31, 231-249.

MARUYAMA, M. (1963): «The Second Cybernetics: Deviation-Amplifying Mutual Causal Processes», *General Systems* 8, 233-241.

MASELLI, M.D., ALTROCCHI, J. (1969): «Attribution of Intent», *Psychological Bulletin* 71, 445-454.

MASSART, A. (1957): «L'emploi, en égyptien, de deux termes opposés pour exprimer la totalité», en *Mélanges bibliques* (ed. de A. Robert), París, 38-46.

MAYHEW, L. (1971): *Society: Institutions and Activity*, Glenview, IL.

MAYHEW, Jr. B.H., GRAY, L.N. (1969): «Internal Control Relations in Administrative Hierarchies: A Critique», *Administrative Science Quarterly* 14, 127-130.

MAYNTZ, R. (1973): «Die Funktionen des Beförderungssystems im öffentlichen Dienst», *Die öffentliche Verwaltung* 26, 149-153.

—, SCHARPF, F.W. (eds.) (1973): *Planungsorganisation: Die Diskussion um die Reform von Regierung und Verwaltung des Bundes*, Múnich.

McLEOD, J.M., CHAFFEE, S.R. (1972): «The Construction of Social Reality», en J.T. Tedeschi, *The Social Influence Processes*, Chicago - Nueva York, 50-99.

MECHANIC, D. (1962): «Sources of Power of Lower Participants in Complex Organizations», *Administrative Science Quarterly* 7, 349-364.

MELDEN, A.I. (1961): *Free Action*, Londres.

MEY, H. (1972): «System und Wandel der gesellschaftlichen Integration», Ms.

MEYER, W.-U. (1973): *Leistungsmotiv und Ursachenerklärung von Erfolg und Mißerfolg*, Stuttgart.

MILGRAM, S. (1965): «Some Conditions of Obedience and Disobedience to Authority», *Human Relations* 18, 57-76.

MILLER, N., BUTLER, D.C., McMARTIN, J.A. (1969): «The Ineffectiveness of Punishment Power in Group Interaction», *Sociometry* 32, 24-32.

MITCHELL, W.C. (1967): *Sociological Analysis and Politics: The Theories of Talcott Parsons*, Englewood Cliffs, NJ.

MONTESQUIEU, C.-L. de (1941): *Cahiers 1716-1755* (ed. de B. Grasset), París.

MOORE, S.F. (1972): «Legal Liability and Evolutionary Interpretation: Some Aspects of Strict Liability, Self-help and Collective Responsibility», en M. Gluckman (ed.), *The Allocation of Responsability*, Manchester, 51-107.

MOTHS, E., WULF-MATHIES, M. (1973): *Des Bürgers teure Diener*, Karlsruhe.

MULDER, M., RITSEMA VAN ECK, J.R., DE JONG, R.D. (1971): «An Organization in Crisis and Non-crisis Situations», *Human Relations* 24, 19-41.

MYERS, C.A., TURNBULL, J.G. (1956): «Line and Staff in Industrial Relations», *Harvard Business Review* 34/4, 113-124.

NAGEL, J.H. (1968): «Some Questions about the Concept of Power», *Behavioral Science* 13, 129-137.

NASCHOLD, F. (1969): *Organisation und Demokratie: Untersuchungen zum Demokratisierungspotential in komplexen Organisationen*, Stuttgart - Berlín - Köln - Mainz.

NEUENDORFF, H. (1973): *Der Begriff des Interesses: Eine Studie zu den Gesellschaftstheorien von Hobbes, Smith und Marx*, Francfort.

OBERNDÖRFER, D. (1971): «Demokratisierung von Organisationen», en D. Oberndörfer (ed.), *Systemtheorie, Systemanalyse und Entwicklungsländerforschung*, Berlín, 577-607.

OFFE, C. (1972): *Strukturprobleme des Kapitalistischen Staates: Aufsätze zur Politischen Soziologie*, Francfort.

PARSONS, T. (1951): *The Social System*, Glencoe, IL.

— (1960): «Pattern Variables Revisited», *American Sociological Review* 25, 467-483; nueva ed. en T. Parsons, 1967, 192-219.

— (1963a): «On the Concept of Political Power», *Proceedings of the American Philosophical Society* 107, 232-262; nueva ed. en T. Parsons, 1967, 297-354.

— (1963*b*): «On the Concept of Influence», *Public Opinion Quarterly* 27, 37-62.

— (1964*a*): «Some Reflections on the Place of Force in Social Process», en H. Eckstein (ed.), *Internal War: Problems and Approaches*, Nueva York - Londres, 33-70; nueva ed. en T. Parsons, 1967, 264-296.

— (1964*b*): «Die jüngsten Entwicklungen in der strukturell-funktionalen Theorie», *Kölner Zeitschrift für Soziologie und Sozialpsychologie* 16, 30-49.

— (1966): «The Political Aspect of Social Structure and Process», en D. Easton (ed.), *Varieties of Political Theory*, Englewood Cliffs, NJ, 71-112.

— (1967): *Sociological Theory and Modern Society*, Nueva York.

— (1968): «On the Concept of Value-Commitments», *Sociological Inquiry* 38, 135-160.

— (1969): «Polity and Society», en T. Parsons, *Pollitics and Social Structure*, Nueva York, 473-522.

—, SHILS, E.A. (eds.) (1951): *Toward a General Theory of Action*, Cambridge, MA.

—, BALES, R.F., SHILS, E.A. (1953): *Working Papers in the Theory of Action*, Glencoe, IL.

PARTRIDGE, P.H. (1963): «Some Notes on the Concept of Power», *Political Studies* 11, 107-125.

PATERSON, T.T. (1955): *Morale in War and Work*, Londres.

PATTERSON, G., REID, J.B. (1970): «Reciprocity and Coercion: Two Facets of Social Systems», en C. Neuringer, J.L. Michael (eds.), *Behavior Modification in Clinical Psychology*, Nueva York, 133-177.

PEABODY, R.L. (1964): *Organizational Authority: Superior-Subordinate Relationships in Three Public Service Organizations*, Nueva York.

PENNINGS, J.M., HICKSON, D.J., HININGS, C.R., LEE, C.A., SCHNECK, R.E. (1969): «Uncertainty and Power in Organizations», *Mens en Maatschappij* 25, 418-433.

PONDY, L. (1970): «Toward a Theory of Internal Resource-Allocation», en M.N. Zald (ed.), *Power in Organizations*, Nashville, TN, 270-311.

POPITZ, H. (1968): *Prozesse der Machtbildung*, Tubinga.

QUARITSCH, H. (1970): *Staat und Souveränität*, Francfort.

RABE, H. (1972): «Autorität», en O. Brunner, W. Conze, R. Koselleck (eds.), *Geschichtliche Grundbegriffe*, vol. I, Stuttgart, 382-406.

RAMMSTEDT, O. (1973): «Aspekte zum Gewaltproblem», Ms. (Zentrum für Interdisziplinäre Forschung Bielefeld).

RAVEN, B.H. (1965): «Social Influence and Power», en I.D. Steiner, M. Fishbein (eds.), *Current Studies in Social Psychology*, Nueva York, 371-382.

—, KRUGLANSKI, A.W. (1970): «Conflict and Power», en P. Swingle (ed.), *The Structure of Conflict*, Nueva York - Londres, 69-109.

RIGGS, F.W. (1957): «Agraria and Industria», en W.J. Siffin (ed.), *Toward the Comparative Study of Public Administration*, Bloomington, IN, 23-116.

RIKER, W.H. (1964): «Some Ambiguities in the Notion of Power», *American Political Science Review* 58, 341-349.

RITTER, J. (1957): *Hegel und die französische Revolution*, Köln-Opladen.

ROETHLISBERGER, F.J., DICKSON, W.J. (1939): *Management and the Worker*, Cambridge, MA.

ROKUMOTO, K. (1972, 1973): «Problems and Methodology of Study of Ciil Disputes», *Law in Japan* 5, 97-114; 111-127.

ROSE, A.M. (1967): *The Power Structure: Political Process in American Society*, Nueva York.

ROSTEK, H. (1971): *Der rechtlich unverbindliche Befehl: Ein Beitrag zur Effektivitätskontrolle des Rechts*, Berlín.

RUBINGTON, E. (1965): «Organizational Strains and Key Roles», *Administrative Science Quarterly* 9, 350-369.

RUSHING, W.A. (1962): «Social Influence and the Social-Psychological Function of Deference: A Study of Psychiatric Nursing», *Social Forces* 41, 142-148.

SAYRE, W.S., KAUFMAN, H. (1960): *Governing New York City: Politics in the Metropolis*, Nueva York.

SCHARPF, F.W. (1971): «Planung als politischer Prozeß», *Die Verwaltung* 4, 1-30.

— (1973): «Politische Durchsetzbarkeit interner Reformen im pluralistisch-demokratischen Gemeinwesen der Bundesrepublik», Ms., Berlín, International Institute of Management.

SCHELSKY, H. (1973): *Systemüberwindung, Demokratisierung und Gewaltenteilung: Grundsatzkonflikte der Bundesrepublik*, Múnich.

SCHERMERHORN, R.A. (1961): *Society and Power*, Nueva York.

SCHLUCHTER, W. (1972): *Aspekte bürokratischer Herrschaft: Studien zur Interpretation der fortschreitenden Industriegesellschaft*, Múnich.

SCHMIDT, S.J. (1973): «Texttheoretische Aspekte der Negation», *Zeitschrift für germanistische Linguistik*, 1, 178-208.

SCHMIDT, W.H., TANNENBAUM, R. (1960): «The Management of Differences», *Harvard Business Review* 38, 107-115.

SCHMITT, D.R., MARWELL, G. (1970): «Reward and Punishment as Influence Techniques for the Achievement of Cooperation under Inequity», *Human Relations* 23, 37-45.

SCHWARTZ, M. (1964): «The reciprocities Multiplier: An Empirical Evaluation», *The Administrative Science Quarterly* 9, 264-277.

SHELLEY, H.P. (1960): «Focused Leadership and Cohesiveness in Small Groups», *Sociometry* 23, 209-216.

SIGRIST, C. (1967): *Regulierte Anarchie: Untersuchungen zum Fehlen und zur Entstehung politischer Herrschaft in segmentären Gesellschaften Afrikas*, Olten-Friburgo.

SIMON, H.A. (1955): *Das Verwaltungshandeln: Eine Untersuchung der Entscheidungsvorgänge in Behörden und privaten Unternehmen*, dt. Übers., Stuttgart.

— (1957): «Authority», en M. Arensberg *et al.* (eds.), *Research in Industrial Human Relations*, 103-115.

— (1969): *The Sciences os the Artificial*, Cambridge, MA - Londres.

SMITH, C.G., ARI, O.N. (1964): «Organizational Control Structure and Member Consensus», *The American Journal of Sociology*, 623-638.

SMITH, M.G. (1960): *Government in Zazzau 1800-1950*, Londres - Nueva York - Toronto.

SOFER, C. (1961): *The Organization From Within: A Comparative Study of Social Institutions Based on a Sociotherapeutic Approach*, Londres.

SOREL, G. (1936): *Réflexions sur la violence*, 8.ª ed., París.

SPAEMANN, R. (1963): *Reflexion und Spontaneität: Studien über Fénelon*, Stuttgart.

— (1972): «Moral und Gewalt», en M. Riedel (ed.), *Zur Rehabilitierung der praktischen Philosophie*, vol. 1, Friburgo, 215-241.

SPRENKEL, S. v.d. (1962): *Legal Institutions in Manchu China: A Sociological Analysis*, Londres.

STINCHCOMBE, A.L. (1968): *Constructing Social Theories*, Nueva York.

STRAUSS, G. (1963): «Some Notes on Power-Equalization», en H.J. Leavitt (ed.), *The Social Science of Organizations*, Englewood Cliffs, NJ, 39-84.

TANNENBAUM, A.S. (1962): «Control in Organizations: Individual Adjustment and Organizational Performance», *Administrative Science Quarterly* 7, 236-257.

TEDESCHI, J.T. (1970): «Threats and Promises», en P. Swingle (ed.), *The Structure of Conflict*, Nueva York - Londres, 155-191.

— (ed.) (1972): *The Social Influence Processes*, Chicago - Nueva York.

—, BONOMA, T.V., BROWN, R.C. (1971): «A Paradigm for the Study of Coercive Power», *The Journal of Conflict Resolution* 15, 197-223.

THIBAUT, J.W. (1968): «The Development of Contractual Norms in Bergaining: Replication and Variation», *The Journal of Conflict Resolution* 12, 102-112.

—, RIECKEN, H.W. (1955): «Some Determinants and Consequences of the Perception of Social Causality», *Journal of Personality* 24, 113-133.

—, KELLEY, H.H. (1959): *The Social Psychology of Groups*, Nueva York.

—, FAUCHEUX, C. (1965): «The Development of Contractual Norms in a Bargaining Situation under Two Types of Stress», *The Journal of Experimental Social Psychology* 1, 89-102.

—, GRUDER, C.L. (1969): «Formation of Contractual Agreements Between Parties of Unequal Power», *The Journal of Personality and Social Psychology* 11, 59-65.

TOMÁS DE AQUINO (1492): *Aristotelis libri acto politicorum cum Commentaris*, Roma.

—: *Summa contra Gentiles*, París, 1863.

TIERNEY, B. (1962-1963): «The Prince is not Bound by the Laws: Accursius and the Origins of the Modern State», *Comparative Studies in Society and History* 5, 378-400.

TURNER, T.S. (1968): «Parsons' Concept of "Generalized Media of Social Interaction" and its Relevance for Social Anthropology», *Sociological Inquiry* 38, 121-134.

VANDERMEERSCH, L. (1965): *La formation du légisme: Recherches sur la contribution d'une philosophie politique charactéristique de la Chine ancienne*, París.

VEIT, W., RABE, H., RÖTTGERS, K. (1971): *Autorität, Historisches Wörterbuch der Philosophie*, vol. I, Basilea-Stuttgart, 724-734.

VICKERS, Sir G. (1965): *The Art of Judgment: A Study of Policy Making*, Londres.

WALTER, B. (1966): «Internal Control Relations in Administrative Hierarchies», *Administrative Science Quarterly* 11, 179-206.

WALTER, E.V. (1964): «Power and Violence», *The American Political Science Review* 58, 350-360.

WATZLAWICK, P., BEAVIN, J.H., JACKSON, D.D. (1967): *Pragmatics of Human Communication: A Study of Interactional Patterns, Pathologies, and Paradoxes*, Nueva York.

WEBBER, R.A. (1970): «Perceptions of Interactions Between Superiors and Subordinates», *Human Relations* 23, 235-248.

WEBER, M. (1948): *Wirtschaft und Gesellschaft*, 3 vols., Tubinga.

WEINRICH, H. (1967): «Linguistik des Widerspruchs», en *To Honor Roman Jakobson*, La Haya - París, 2.212-2.218.

WELTZ, F. (1964): *Vorgesetzte zwischen Management und Arbeitern*, Stuttgart.

WOLFE, D.M. (1959): «Power and Authority in the Family», en D. Cartwright (ed.), *Studies in Social Power*, Ann Arbor, 99-117.

WRONG, D.H. (1968): «Some Problems in Defining Social Power», *American Journal of Sociology* 73, 673-681.

YALMAN, N. (1962): «On Some Binary Categories in Sinhalese Religious Thought», *Transactions of the New York Academy of Sciences Ser.* 2, 24, 408-420.

ZALD, M.N. (ed.) (1970): *Power in Organizations*, Nashville, TN.

ZALEZNIK, A., DALTON, G.W., BARNES, L.B. (1970): *Orientation and Conflict in Career*, Boston.

ÍNDICE